SEM PECADO

ANA MIRANDA

SEM PECADO

Romance

4ª reimpressão

COMPANHIA DAS LETRAS

Capa:
Moema Cavalcanti

Revisão:
Eliana Antonioli
Cecília Ramos

Agradeço a Walt Disney o nome do personagem Bambi
A tradução da epígrafe é de Paulo Rónai

Dados Internacionais de Catalogação na Publicação (CIP)
(Câmara Brasileira do Livro, SP, Brasil)

Miranda, Ana, 1951-
Sem pecado: romance/ Ana Miranda. — São Paulo: Companhia das Letras, 1993.

ISBN 85-7164-316-4

1. Romance brasileiro I. Título.

93-0910 CDD-869.935

Índices para catálogo sistemático:
1. Romances : Século 20 : Literatura brasileira 869.935
2. Século 20 : Romances : Literatura brasileira 869.935

1997

EDITORA SCHWARCZ LTDA.
Rua Bandeira Paulista, 702, cj. 72
04532-002 — São Paulo — SP
Telefone: (011) 866-0801
Fax: (011) 866-0814

Tudo é puro para os que são puros.

Epístola de são Paulo a Tito, 1:15

I

1

Eu me lembro. Muitos anos atrás, quando desci do ônibus, na estação rodoviária, e pisei pela primeira vez na cidade do Rio de Janeiro, uma senhora me avisou que havia uma nódoa vermelha em meu vestido. Não foi preciso me dizer exatamente onde se encontrava a mancha, nem de que substância era feita. Qualquer mulher estava sujeita a um imprevisto como este, especialmente se ela tivesse a idade que eu tinha, sem nenhuma experiência a respeito das imposições da feminilidade. Cruzei a longa plataforma, segurando nas costas minha sacola para esconder a mancha. Sentia como se todos percebessem o que se passava comigo, pois estava bastante envergonhada; mas na verdade as pessoas não deviam olhar para mim, a não ser de uma maneira casual.

Atravessei um salão onde viajantes com bagagem esperavam uma vaga para tomar os ônibus. Alguns estavam sentados nas cadeiras cor-de-abóbora suspensas por hastes, outros sobre malas, ou mesmo no chão. Uma mãe penteava os cabelos de sua filha. Ambas estavam nas cadeiras abóbora, de maneira tão natural que pareciam alojadas no sofá de sua própria casa — mas ao mesmo tempo havia nelas tal harmonia de gestos que aquilo poderia ser uma cena de uma pintura, ou uma representação de atrizes num palco. Era isto, talvez, o que as distinguia dos demais. A menina, de costas para a mãe, os olhos perdidos em alguma fantasia, entregava-se ao prazer do toque suave dos dedos em seus cabelos. A mãe, concentrada, executava a tarefa com o desvelo de quem gostava de estar em dia com seus deveres. Em torno delas ficava a quantidade imensa de gente sem rosto. Aquele era o último dia do ano e não havia ônibus suficientes para todos.

Procurei um local onde pudesse me esconder e resolver minha difícil situação, até que encontrei um anúncio de toalete feminino. Paguei a entrada, passei por uma roleta e me vi num lugar comprido, iluminado por luz fria. Talvez por ser pago, o banheiro estava vazio e limpo. Uma mulher de uniforme azul tomava conta de uma bancada onde ficavam pequenas toalhas e dentro de uma cestinha algumas notas de pouco valor que as usuárias deixavam como gorjeta; lia atentamente uma revista e não levantou os olhos para ver quem entrava. Outra mulher passava um rodo com pano no chão, vagarosa. Não havia nenhuma janela; exaustores funcionavam com um ruído seco. Tranquei-me numa das cabines.

Minha roupa íntima estava com uma mancha. Não era o mesmo sangue rutilante como uma flor, que saía quando eu cortava um dedo ou arrancava a casca de uma ferida. Era uma coisa tão estranha que eu não podia imaginar como meu próprio corpo fabricava aquilo. Troquei de calcinha, pois trouxera duas; mas não tinha outro vestido. Tirei o que estava usando e, com os seios escondidos pela sacola, saí da cabine.

No espelho que cobria uma das paredes acima da pia, a imagem de uma menina descabelada, de olheiras, me assustou. Nunca tinha me visto tão abatida. Pus a sacola em cima do mármore da pia. Os pequenos seios me davam o ar de uma criança, mas eu me sentia mulher feita. Concentrei-me em lavar a mancha do vestido e da calcinha, esfregando a ambos embaixo da torneira; mas o pano continuou com a mácula escura.

A senhora que tomava conta do banheiro me olhou com uma expressão zangada, como se eu estivesse perturbando a paz do reino de luz de mercúrio dela. Olhou meu corpo, dos ombros até os pés. Era idosa, disforme, mas mesmo assim despertava minha admiração: aquela senhora tinha um trabalho e um lugar para ficar, podia passar o dia inteiro sentada lendo suas revistas que de noite teria uma cama para dormir, para sonhar com os heróis das novelas de televisão; e no fim do mês recebia seu salário, uma quantia pequena, mas com a qual ela podia contar. Talvez tivesse um marido bom, filhos trabalhadores, até mesmo netos e um quintal semeado de flores. Um sentimento de desamparo tomou conta de mim. O que iria acontecer comigo naquela cidade?

"Por favor, senhora, não tem sabão aqui?", perguntei.

A mulher apontou para um recipiente de vidro preso na parede, que continha um líquido azul. Eu não sabia como tirar o sabão dali de dentro e ela me ensinou a pressionar o botão, agora mais conformada com minha presença, acostumada com minha nudez, até mesmo com pena de mim. Sorrimos uma para a outra.

O vestido ficou quase todo molhado e como cheirava a suor decidi que o certo seria lavá-lo por inteiro. Feito isto, pendurei-o numa das portas, junto com a calcinha, e me encostei na parede fria de ladrilhos para esperar que secasse.

Meu corpo estava entorpecido por causa das tantas horas de viagem de São Luís do Maranhão até o Rio de Janeiro, mas eu não sentia cansaço. Sentia dor. A cólica tinha começado na descida da serra; alguma coisa me mordia por dentro, retorcia minhas vísceras, eu mal via as florestas, as nuvens, a silhueta da cidade ao longe. Tinha sido uma viagem muito longa, portanto quando entramos na avenida Brasil, mesmo enjoada por estar respirando um ar sufocante misturado com gás que saía dos carros, fiquei feliz. Apreciei as indústrias, as lojas, os galpões, as passarelas, tudo rabiscado pelos grafiteiros com nomes e desenhos em tinta preta ou vermelha. Ei, estamos aqui, dispostos a sujar tudo, a destruir, da mesma forma como vocês arruínam nossos sonhos, era o que pareciam dizer aqueles rabiscos. Eu mesma gostaria de pintar as paredes das casas, mas creio que faria rostos sorrindo e rostos zangados, não aqueles traços confusos sem nenhum significado aparente.

As favelas que margeavam alguns trechos da avenida me fizeram lembrar as palafitas de São Luís. As casas dos miseráveis das cidades eram sempre parecidas: tábuas velhas, telhas de amianto, uma ou outra construção de tijolos sem reboco, valas negras, roupas coloridas nos varais. Pensar que aquela cidade era parecida com a minha me deu uma certa coragem. Mas havia uma distância muito grande entre as duas cidades, maior do que a longa estrada que as separava. Antes dessa viagem eu conhecia apenas São Luís e algumas dunas lá por perto. Agora meu mundo tinha se ampliado, eu vira pela janela do ônibus as montanhas altas, os picos de pedra, abismos, vales, rios caudalosos mas, principalmente, vira cidades de diversos tamanhos, gente falando com sotaques diferentes, como se as variações de paisagens, as bibocas desse vasto Brasil fossem infindáveis. Viajando, tinha a sensação de que estava perdida. Agora, encostada na parede de um banheiro cuja única paisagem era uma seqüência de portas pretas e ladrilhos gelados, sozinha, sentia-me no centro do mundo. Meu estômago estava vazio. A cólica persistia mas com menor intensidade.

Uma mulher entrou, mexendo dentro de sua bolsa. Não olhou para mim mas para o espelho, empinando os seios, ajeitando o decote a fim de esconder melhor o sutiã, mexendo nos cabelos antes de se trancar numa cabine. Em seguida surgiu uma senhora, lançou-me um olhar de desconfiança, trancou-se em outra cabine.

Uma jovem apareceu, acompanhada de duas meninas; olhou-me com tímida reprovação. Ocuparam duas cabines que ficaram com as portas abertas enquanto as crianças sentavam-se nos vasos e a moça dizia para não encostarem as mãos no tampo. Pelo espelho uma das meninas me olhava, tentando se equilibrar, as pernas finas dela agarradas no vaso, presas pela calcinha descida até os pés, as mãos nos joelhos, os olhos arregalados, a boca entreaberta. A mãe limpou as filhas e se trancou numa das cabines. As crianças se encostaram na parede oposta à minha e ficaram me encarando. Um dia elas também iam ser altas e ter seios, e talvez ficassem nuas dentro de um banheiro de rodoviária esperando o vestido secar; era o que pareciam estar pensando.

A senhora saiu da cabine e voltou para a frente do espelho, lavou as mãos, penteou os cabelos e foi embora. Outras mulheres, de todas as idades, entraram no banheiro. Fiquei observando seus movimentos, seus gestos, as caras que faziam na frente do espelho, como se ali fosse um palco de teatro.

Era por causa de teatro que eu tinha vindo para o Rio de Janeiro. Poderia ter escolhido outra cidade, mas esta era a mais atraente para mim. Eu sonhava ser atriz de teatro. Ouvira falar no Teatro Municipal, no Teatro João Caetano, no Teatro de Comédia, em atores famosos por causa da televisão que levavam multidões para assistirem a seus espetáculos. Era com ela que eu sonhava quando fechava os olhos na esteira onde dormia, quando era uma menina de interior — agora não era mais, nem menina, nem do interior. Uma cidade de luzes, de mar azul, montanhas, de cais do porto.

"Você vai viajar?", perguntou-me a senhora que cuidava do banheiro, olhando minha pequena sacola sobre a pia.

"Não. Estou chegando."

"Ah."

"De São Luís, ouviu falar?"

"Ouvi. Veio passear na casa de parentes?"

"Não. Vim para trabalhar. Sou atriz."

"Atriz? Como é seu nome?"

"Bambi."

"Bambi?"

"Sim, Bambi. É que eu tinha as pernas muito finas e gostava de pular."

"Ah." Ela olhou sua revista sobre a bancada. "Viu isso aqui?" Estendeu a revista para mim.

A foto de uma jovem nua sobre uma cama ocupava a página inteira. Entre os seios havia uma pequena mancha redonda, preta.

''Que crueldade'', disse a mulher. ''Ela também era atriz, novinha como você. O nome dela era Lili.''

Isolada como se estivesse debaixo de um cone de luz e tudo em volta tivesse sido apagado, toquei a figura da moça na página da revista. Senti um frio perpassar meu corpo; a morte dela me invadiu. Olhei sua boca entreaberta, quase sorrindo, seu olhar vítreo, seu corpo branco imobilizado para sempre.

''Lili'', repeti.

Uma angústia se apossou de mim. Foi como se eu morresse num instante e depois revivesse. Por um breve momento não sabia mais se eu era ela, ou eu mesma. Era como se ela me dissesse para voltar, para desistir. Olhei a mulher ao meu lado, que tinha em seus lábios um sorriso enigmático.

''Essa mocinha veio do Paraná. Aposto que foi o namorado dela quem matou, por ciúme'', ela disse. ''Aqui fala que morrer de tiro no coração não dói tanto. Ha!'' Fez uma pausa. ''Quer?'', e me ofereceu a revista.

''Obrigada, não quero.''

''Pode ficar. Tenho outras.''

Diante da insistência da senhora, acabei aceitando a revista. Guardei-a dobrada na sacola. Era como um aviso. Eu não podia saber naquele momento o quanto meu destino estava ligado ao de Lili.

''Boa sorte, Bambi'', ouvi a mulher dizer. ''É bom mesmo saber pular.''

2

O primeiro lugar onde eu queria ir era o Teatro Municipal. Na rodoviária uma moça frágil que sentava-se a um balcão de informações me explicou como chegar lá. Era uma jovem de olhos amendoados e pele alva que, na minha cidade, talvez fosse levada para concursos de beleza e jamais ficaria daquela maneira, ignorada por todos. Vi outras moças bonitas, assim, perdidas na multidão, vestidas de maneira tão singela quanto eu. Muitas Lilis e Bambis. Eu havia decidido manter o meu apelido Bambi, quando fosse atriz, apenas isso, Bambi; achava Antonina Maria da Conceição diferente de mim. Todos sempre haviam me chamado de Bambi.

Decorei os números dos ônibus que me serviriam; eu tinha uma memória capaz de guardar uma infinidade de informações, embora de maneira confusa. Lembrava-me de letras de músicas depois de ouvi-las apenas uma vez; de quase todos os nomes das ruas de São Luís; de poesias de Gonçalves Dias; da lista de artistas que tinham se apresentado no teatro de minha cidade; do texto de peças das quais eu assistia aos ensaios; de coisas assim, que me interessavam. Ao mesmo tempo, me esquecia de detalhes importantes, como por exemplo o bilhete de passagem, que larguei no balcão de um restaurante da estrada, ou a foto de mamãe, que ficou embaixo da minha esteira. Treinava a memória para nunca me esquecer de minhas falas, quando me tornasse atriz.

Peguei um ônibus que enveredou por uma rua margeada de armazéns, sob um viaduto; pelos espaços entre os galpões eu podia ver cascos de navios ou ferragens de guindastes, tudo cinzento; uma cidade subterrânea, feita de sombras. Os arranha-céus ao longe, um ao lado do outro, me faziam sentir que eu era também muito alta, ao contrário das pessoas que se diziam esmagadas pelos monumentos gigantescos.

O ônibus me deixou no centro da cidade, um lugar também repleto de gente que andava pelas ruas estreitas para pedestres, esbarrando-se; uma multidão indiferente que circulava nas duas direções. Ninguém tampouco olhava para mim. Eu mal podia caminhar entre as pessoas apressadas, suava, sentia-me empurrada. Os sobrados que ladeavam as ruas eram parecidos com os de São Luís, mas não tão bonitos; sem azulejos, pareciam nus. Além disso, serviam de lojas e não de residências, com mercadorias expostas à frente, vigiadas por empregados que gritavam pregões e ofertas especiais. O sol esturricava minha cabeça.

Parei na frente de uma loja com vitrines altas, onde chapéus de vários formatos e cores cobriam cabeças feitas de vime. Havia um chapéu de veludo cor-de-vinho, com uma aba pequena dobrada para cima e arrematada por um laço do mesmo material; outro, branco, com uma aba maior de treliça; foram os que me agradaram mais. Em minha cidade ninguém usava chapéus, a não ser os pescadores e os turistas. Mas se havia no Rio de Janeiro uma loja como aquela era porque algumas mulheres usavam chapéus. Contei o dinheiro que tinha na sacola e entrei. Não havia nenhuma outra freguesa, nem mesmo um balconista, exatamente como nas lojas de meu bairro na hora do almoço.

Esperei algum tempo, até que do fundo surgiu um senhor de cabelos brancos. Com muita gentileza ele me mostrou os chapéus que indiquei na vitrine, dizendo o preço de cada um. Eram muito caros. Ele percebeu meu problema, foi lá dentro e voltou com uma caixa empoeirada que abriu no balcão; continha chapéus simples, sem quase nenhum adorno. Eu queria apenas me proteger do sol, muito mais quente do que o de São Luís, lá havia sempre uma brisa refrescante a soprar nas ruas. Escolhi um chapéu azul de palha. O senhor colocou-o na minha cabeça e disse que eu estava propriamente uma senhorita, como as do tempo dele, quando tudo era mais romântico. Mostrou-me um espelho redondo, onde eu poderia julgar por mim mesma se estava bem. Meus olhos no espelho ainda tinham olheiras; o nariz e a testa estavam avermelhados por causa do sol que eu tomara nas ruas. Com o suor, fios de cabelo grudavam nas têmporas. Aprovei o chapéu; remexi na sacola em busca do dinheiro.

Ele disse que me fazia um desconto, depois diminuiu ainda mais o preço e, se eu ficasse ali mais alguns minutos, creio que teria me dado de graça o chapéu. Saí, com a cabeça protegida e a sensação de que estava num lugar onde todos eram generosos e gostavam de mim.

Caminhei claudicando, pois minha sandália machucava os pés. Pensei em comprar também um sapato, mas fiquei com medo de meu dinheiro acabar e resolvi suportar a dor; pouco depois eu tinha me esquecido dela. Olhava tudo com encantamento. Eu não merecia estar naquele lugar tão civilizado, tão cheio de gente. Parava diante das vitrines, das barracas, sentia vontade de comprar tudo, murmurava exclamações de prazer, secava a testa com as costas da mão, suspirava. Apaixonava-me por um trancelim de ouro, por uma sandália de borracha colorida, por um diadema, um batom vermelho, uma calcinha de renda. Nunca tinha visto tantos rostos diferentes. Estranhamente, a partir do momento em que passei a usar chapéu algumas pessoas demoravam mais os olhos sobre mim.

Parei na frente de uma confeitaria com balcões de vidro arredondado repletos de bandejas com guloseimas. Não sabia se poderia entrar ali, vestida da maneira como estava, calçada de chinelas de couro. Fiquei observando; todas as pessoas entravam e saíam despreocupadas. O chapéu me dava um ar de dignidade e encorajada por esta ilusão entrei. No salão do andar térreo fregueses falavam e comiam; alguns homens vestiam-se de terno, mulheres usavam paletós masculinos. Os espelhos que revestiam as paredes eram emoldurados por madeiras que no alto terminavam com desenhos. Flores de vidro iluminadas desciam em cachos. Ao fundo, um biombo de espelho enquadrado por uma madeira que parecia uma filigrana escondia uma porta, por onde entravam e saíam garçons vestidos de terno branco. O teto tinha uma abertura oval e terminava, lá no alto, num telhado de vidro onde se podia avistar um leque e espirais de ferro, desenhos coloridos de fruteiras cheias de flores, grinaldas, festões e um anjinho com rosas nas mãos. O ferro fingia ser o caule de uma flor.

Sentia-me suspensa, com a impressão de que não sabia se estava pisando no chão ou nas paredes. Os edifícios antigos, os palácios, os sobrados de azulejos de minha cidade eram belos também, mas despojados, quase rudes, de uma época anterior. Subi as escadas, sentei-me a uma mesa, escondi a sacola e o chapéu no colo; quando o garçom veio me atender pedi um sorvete com biscoito de massa folhada que li no cardápio.

Acanhada pela presença de outras mulheres vestidas de maneira tão diferente da minha e falando com homens ou com outras mulheres e rindo, fazendo gestos amplos; envergonhada de minha pobreza, de minha solidão, de minha idade, perguntei ao homem que se sentava à mesa ao lado se o Teatro Municipal ficava longe. Ficava perto, ele disse, e me explicou cuidadosamente como chegar lá. Falei sem parar com este pobre homem que precisava continuar sua refeição, mas me ouvia atencioso. Era velho, usava óculos e tinha uma expressão bondosa. Disse-lhe que acabara de chegar do Norte e que gostaria de ser artista do Teatro Municipal. Ele me perguntou se eu era bailarina, cantora de ópera, se sabia tocar músicas clássicas em algum instrumento.

"Sei apenas representar, não muito bem, ainda estou aprendendo, mas sou capaz de fazer um bom papel, com doze anos fiz uma cigana, da mesma maneira que a Apolônia Pinto."

E ele me perguntou quem era Apolônia Pinto.

Fiquei surpreendida de alguém não saber quem era Apolônia Pinto, sempre ouvi dizer que fora a maior atriz brasileira de todos os tempos, as pessoas a conheciam em São Luís, garantiam que havia fotos dela no Museu dos Teatros. Meu pai dizia que ela trabalhara no Rio de Janeiro, excursionara em Portugal, na Argentina, no Uruguai. Quando voltou da Europa, trouxe o primeiro e único cinematógrafo Lumière da América do Sul e exibia "quadros" — era assim que naquele tempo se chamavam os filmes, dizia meu pai — espanhóis, franceses, portugueses, junto com seus espetáculos de teatro. Para minha surpresa maior ainda o homem me disse que no Teatro Municipal levavam apenas balés e óperas, concertos de orquestras sinfônicas e até mesmo de música popular; quase nunca dramas de teatro, embora houvesse estátuas na fachada representando a comédia e a tragédia.

"Talia e Melpômene", ele disse. "Duas das musas. A primeira delas, a da comédia, tem máscaras a seus pés e um dos seios fora da blusa. A outra tem um punhal nas mãos, rosto contraído como se estivesse entregue ao ódio, ruminando vinganças. Você saberá reconhecê-las, tenho certeza que sim."

Ele me ensinou onde ficava o Teatro de Comédia — que tinha mudado de nome para Glauce Rocha — ali perto. Talvez lá eu pudesse conseguir alguma informação que me servisse. Perguntou-me minha idade, se eu tinha vindo sozinha para o Rio de Janeiro, alertou-me sobre os riscos que eu iria correr na cidade.

"Todos os tipos de perigos. O mais comum é o assalto. Há assaltantes de diversos tipos: rapazes em motocicletas, senhores prestativos, homens uniformizados. Há também muitos vigaristas exímios em enganar pessoas de boa-fé e com um pouquinho de ganância; e há gente capaz de fazer coisas ainda piores do que enganar e roubar. O outro perigo mais comum é a indiferença. Ninguém vai se preocupar com você, entende? Enfim, evite falar com estranhos, não deixe ninguém abordar você na rua e não responda a pedidos de informações. Tome cuidado.''

No final me deu um guardanapo onde escrevera com uma caneta dourada seu nome e seu telefone.

''Se tiver algum problema, ligue para este número. Talvez eu possa ajudá-la.''

3

No Teatro de Comédia as portas estavam fechadas, a bilheteria também. Faixas anunciavam um balé africano. Bati com os dedos num vidro para chamar a atenção de uma pessoa dentro de uma livraria no próprio teatro, mas ela fez um sinal negativo com a mão, mandando-me embora. Um homem de uniforme cinzento se aproximou e perguntou-me o que eu queria. Ensinou-me onde se localizava o Teatro João Caetano, bem na frente do Teatro Carlos Gomes, na praça Tiradentes.

Entrei pela rua que o homem indicara, entre sobrados com balcões de grades de ferro, misturados a edifícios modernos. Porém não consegui chegar à praça onde ficavam os teatros, perdida numa trama tortuosa de ruelas semelhantes.

As ruas estavam cheias de gente que saíra dos escritórios. Das janelas dos edifícios caíam nuvens de papel picado ou em tiras, que cobriam o chão e os capôs dos automóveis. Os homens não tinham mais tanta pressa, olhavam para mim, alguns me diziam coisas que eu não entendia bem; outros bebiam cerveja em copos compridos, nas portas dos bares, rindo e falando alto. Muitos usavam os paletós nas costas, as gravatas afrouxadas. Entrei numa imensa fila diante de um ponto de ônibus, num largo onde havia uma igreja e uma multidão de pessoas enfileiradas e esperei minha vez.

No ônibus, olhando aquelas ruas desconhecidas, tive vontade de entregar-me a lembranças que me confortassem, que me levassem para longe daquela cidade imensa que me causava medo — talvez porque estivesse escurecendo. Meu passado parecia querer virar presente. Imaginei que meu passado tinha sua vida própria, sua autonomia, e quando desejava retornar nada conseguia impedi-lo. Durante toda a viagem de São Luís até o Rio de Janeiro, eu tentara destruí-lo, mas ele era indestrutível, embora não fosse imutável, como eu gostava de acreditar. Eu mesma podia mudá-lo, sob certos aspectos; fazer fantasias e enganar a mim mesma. Podia, por exemplo, pensar que eu não tinha roubado dinheiro na gaveta de minha mãe para comprar a passagem e fugir de casa; aquele dinheiro era todas as economias de mamãe, meu pai o tinha ganho trabalhando no teatro como carpinteiro. Mas quando trabalhei como atriz na peça *As ciganas de Paris* recebi um pagamento, que foi integralmente doado à família; meu roubo, na verdade, pesando bem as coisas, não fora um roubo, mas apenas a cobrança de uma dívida. Mesmo pensando assim, o dinheiro retirado da gaveta, e que agora estava na minha sacola, me incomodava. Um dia eu iria devolvê-lo. Então me imaginei mandando para minha mãe uma grande soma pelo correio. Os tempos passado, presente e futuro se entrelaçaram, dentro de minha cabeça.

Meu pai dizia que a memória era uma mulher vaidosa, ciumenta, que desejava estar sempre presente; que o tempo, seu irmão, não se passava como, por exemplo, numa peça de teatro: uma cena após a outra. Olhei os prédios pela janela do ônibus. O Rio de Janeiro, que no meu passado era apenas um sonho, se tornara presente. Mas eu olhava a cidade como se ela fosse ainda uma ilusão; como se fosse meu passado. Uma sensação bastante estranha. A cidade me parecia estar no fundo de um lago de águas não muito transparentes; não era a ele que eu via, mas à superfície que a encobria. Os prédios, os postes, os carros estavam dispostos em camadas, de acordo com uma hierarquia que eu lhes concedia. Não era uma cidade concreta. As coisas que eu via iam se afundando no lago, se depositando nas camadas conforme o valor que eu lhes atribuía, se misturando com as lembranças. Tentei trazer à tona a recordação de uma casa em São Luís; o que me veio foi uma mistura de imagens filtradas por camadas sucessivas de outras lembranças. Eu não estava mais lá, nem havia ainda chegado aqui.

4

Não sabia os nomes dos bairros e lia os das ruas nas placas azuis com letras brancas, tentando guardá-los como uma forma de me integrar à cidade. O ônibus me deixou em Copacabana, numa avenida escura, larga, onde carros cruzavam velozes e li a placa: Barata Ribeiro. As ruas perpendiculares estavam bloqueadas por guardas que impediam a passagem de automóveis. Caminhei em direção à praia, atraída pela maresia.

Ambulantes vendiam velas em tabuleiros colocados no chão, ou então flores dentro de baldes com água. Senti uma tontura e quase caí. Lembrei-me de que tinha comido apenas o sorvete com biscoito, desde que chegara. Entrei num bar e pedi um ovo cozido que vi sob o vidro do balcão. Tomei um copo de leite com café, onde coloquei bastante açúcar para me alimentar; eu ia precisar de forças. Um homem que bebia cachaça me perguntou se eu conhecia algum lugar de divertimento ali por perto.

"Sou de fora, não conheço nada na cidade", eu disse.

"Pois eu conheço. Não quer se divertir comigo esta noite?"

Os que estavam com ele riram; saí sem terminar o café com leite, decepcionada comigo mesma, de nada adiantara o homem da confeitaria me alertar, eu tinha deixado, da maneira mais ingênua e descuidada, um desconhecido me abordar. Precisava ser mais atenta. Pensei em Lili, nos assaltantes vestidos de terno sobre motos velozes, nos vigaristas a oferecer pequenos lucros e continuei meu caminho.

Na rua seguinte os carros estavam parados no asfalto, um atrás do outro até perder de vista. Milhares de automóveis enchiam as calçadas, as ruelas. Uma multidão caminhava em direção à praia, a maior parte das pessoas vestida de branco e levando palmas ou rosas, e sacos plásticos com garrafas. Todos pareciam felizes; andavam em grupos. Eu estava sozinha, vestida de ocre, sem nenhuma flor na mão, segurando numa sacola amarfanhada tudo o que possuía. Embora me sentisse tão diferente, mais uma vez ninguém parecia se importar com minha presença. Observei as pessoas, cada uma delas, e me surpreendi que houvesse gente muito bem vestida ao lado de miseráveis, pretos ao lado de brancos, todos misturados, como se não houvesse problemas entre eles. E talvez não houvesse, naquele momento, pois todos queriam atingir um mesmo objetivo, algo muito simples mas de grande significado: passar para o ano seguinte, deixar para trás as lembranças, começar uma vida nova. Ou era apenas eu quem desejava isso?

Os carros buzinavam com insistência e mesmo assim não conseguiam avançar. Quando cheguei na avenida Atlântica, misturada à multidão que caminhava na calçada, ouvi uma cantoria de vozes masculinas e avistei na pista de asfalto um grupo de marinheiros. Dançavam, cantavam um refrão, abrindo passagem entre as pessoas que paravam para olhá-los. Usavam um uniforme branco com listrinhas pretas na gola. Um deles me viu, parou na minha frente, pôs seu quepe em minha cabeça e me beijou. O marinheiro, um rapaz muito jovem, de olhos verdes e sobrancelhas unidas, desapareceu na confusão. Jamais me esqueceria do rosto dele. Senti vontade que me levasse em seu navio. Eu tinha fascínio por navios. Também por arranha-céus.

Avistei a estátua de uma mulher numa roupa longa, com as mãos abertas ao lado do corpo. Andei pela areia para ver seu rosto; era plácido, parecido com o da Virgem Maria nas igrejas. Queria ser como ela, olhando para cima, para além, em seu pedestal, com estrelas nos cabelos. Eu sabia quem era aquela mulher, a deusa Iemanjá; sabia como era aquela festa, tinha visto na televisão, em São Luís. Não havia televisão na minha casa, mas às vezes colocavam uma numa praça e íamos, minha mãe, minhas irmãs e eu, nos sentar no chão para assistirmos a algum acontecimento importante, a Copa do Mundo, a morte do presidente, a parada militar. Na casa de uma vizinha havia um aparelho, mas era em preto e branco e as imagens apareciam cobertas de riscos como se fossem uma chuva. Ela abria a janela e deixava que as crianças assistissem, desde que não fizessem barulho. Eu ficava magnetizada pelo movimento das luzes, pelas vozes que falavam de uma maneira tão diferente; era levada por caminhos dentro de mim mesma, em minha imaginação, até a cidade do Rio de Janeiro. E ali estava ela, com seus buracos na areia cheios de velas acesas, com seus estampidos de bombas misturados a tambores e gritos. Como na televisão, à meia-noite o céu se encheu de fogos de artifício. Parte da multidão se concentrou na beira das ondas para jogar suas oferendas. Num instante o mar ficou coberto de flores que flutuavam ou vinham dar na areia. As pessoas se abraçavam, se beijavam e fiquei olhando-as, com vontade de abraçar e beijar alguém.

Na areia, mulheres de turbantes e saias rodadas dançavam dentro de cercados de bambu. Cantavam, batiam palmas, fumavam charutos com a parte acesa metida dentro da boca, fazendo sair jatos de fumaça pela outra extremidade. Estalavam os dedos junto às roupas de alguma pessoa que assistia. Davam guinchos como ratos, gargalhadas como prostitutas. Pousavam o dorso das mãos nos quadris, rebolavam os ombros, mais orgulhosas que as meretrizes da zona em São Luís; sacerdotisas de uma religião de prazer, não de dor, o contrário das beatas da igreja que iam na procissão esfolando os joelhos nas pedras da rua e chorando, fazendo o mundo ser alguma coisa triste, escura e desprezível, como se fosse melhor morrer logo, para voltar um dia e fazer o que nunca tinham feito de bom. Como se fosse preciso sofrer; como se houvesse uma segunda chance.

5

Poucas horas depois as famílias quase todas tinham ido embora; ficaram na praia apenas pessoas perdidas, como eu, além dos religiosos dos terreiros. Bebi um pouco de champanha de uma garrafa colocada num buraco, como oferenda, junto a taças de vidro. Comi alguns bombons que encontrei dentro de um barquinho. Passei a noite olhando as velas se consumirem, as ondas do mar indo e vindo, as estrelas se movendo vagarosamente no céu.

Ao amanhecer havia um sem-número de pares dormindo na areia, abraçados. Um casal fornicava detrás de um posto de salva-vidas; a mulher gemia e puxava os cabelos do homem, com as pernas em torno da cintura dele. No asfalto poucos carros passavam, dirigidos por bêbados. Dois homens discutiam na frente de um bar; em poucos instantes um deles passou a esmurrar o outro, que tentava se defender com os braços sobre o rosto, até que apareceram dois rapazes de dentro de um carro e tentaram apaziguar a briga. Uma prostituta bêbada, de saia curta e meias trançadas, tentava fazer algum automóvel parar, descendo a blusa e mostrando seios afastados e bicudos, de tetas roxas. Uma moça vomitava num canteiro de arbustos; o namorado dela esperava, preocupado. Eu estava começando a conhecer aquela cidade.

6

Ônibus estacionados numa praça serviam de acampamento. Pessoas dormiam dentro dos bagageiros abertos, ou nas calçadas em torno. Cansada, deitei-me num gramado com a cabeça sobre a sacola, perto de uma família. Para não ser roubada escondi o dinheiro dentro da calcinha.

Eu estava excitada com a festa e o sono demorou a chegar. Para passar o tempo, abri a revista e a folheei casualmente, vendo fotos de uma hidrelétrica, da família real inglesa, de homens que tinham passado por cirurgia de ponte de safena, de um concurso de beleza feminina; até que me deparei mais uma vez com a foto da atriz morta. Só então percebi, bastante intrigada, que ela não estava nua, mas coberta por um lençol desde abaixo dos seios até as coxas. Meus olhos me enganavam muitas vezes. As páginas seguintes mostravam outras fotos dela, ainda criança no Paraná, trabalhando como atriz, abraçada ao namorado de quem suspeitavam ser o assassino, um rapaz de cabelos longos e tatuagens nos braços. O texto da matéria dizia que se supunha que Lili fora morta por estrangulamento, e depois disso levara um tiro no peito; os exames ainda não estavam prontos e iriam esclarecer muitas dúvidas. Notei que o pescoço dela tinha pequenas manchas escuras de dedos, mas poderiam ser apenas efeito das sombras de seus cabelos, tão claros que quase se confundiam com a fronha do travesseiro. Dois ex-namorados iriam prestar depoimentos, assim como alguns amigos e uma testemunha que vira um carro preto sair a toda velocidade da frente da casa onde ocorrera o crime. Mas essa testemunha não era muito digna de confiança, por ser um homem míope bastante idoso e que estava bêbado quando viu o automóvel. O carro preto, além disso, fora visto quase duas horas depois do momento que se supunha ter sido cometido o crime.

Como teria sido a morte dela? Talvez Lili tivesse dito ao namorado que iria deixá-lo e ele a estrangulara, saíra da casa para ser visto por testemunhas num bar, na hora do crime, depois voltara e dera um tiro no peito dela. Talvez tivessem sido duas pessoas a matá-la; o primeiro a estrangulara e o segundo dera um tiro em seu coração. Ou o namorado a teria flagrado com outro homem na cama, o homem do carro preto; o namorado a estrangulara e em seguida tentara matar o amante dela, tomara a arma dele e dera um tiro para incriminá-lo.

A revista dizia que a arma não fora encontrada e que, pelo tamanho do ferimento, devia ser de pequeno calibre, do tipo usado nos crimes cometidos por mulheres. Dizia, também, não haver sinais de luta, do que se podia talvez deduzir que o criminoso fora uma pessoa conhecida da vítima. Não havia, aparentemente, sinais de relações sexuais antes do crime.

Mas por que ela estava nua sob o lençol? Ela dormia nua? Então estava dormindo quando a mataram? Não podia ter sido um desconhecido o autor do crime? Por que a expressão de seu rosto era tão plácida? Nada fazia sentido, para mim. A morte não fazia sentido. Por que a mataram? Para isso nunca haveria uma explicação, e talvez este fosse o motivo de eu ficar tanto tempo pensando naquele assunto.

Lili, dizia a matéria, era de uma boa família do Paraná. A mãe, viúva, criara os filhos dando aulas num ginásio e fazendo, nas horas vagas, bolos de aniversário sob encomenda. Lili ajudava a mãe a confeitar os bolos. Deixara sua família, sua escola, para tentar a vida como atriz de televisão. O advogado de defesa do suposto assassino dizia que Lili tinha sido garota de programa. Que fora morta por um antigo amante, um homem poderoso que possuía um carrão preto. O advogado ia investigar todas as ligações anteriores de Lili.

Tentei pensar em minha casa, em minhas irmãs, na sopa que mamãe nos dava à noite, nas chamas do fogão da cozinha, sob a panela. Lembrei-me das paisagens que vi durante a viagem. Que importava a morte de uma desconhecida? Nunca ia deixar de ser um mistério. Lá estava eu novamente pensando nela.

Fechei os olhos e rangi os dentes. Antes de dormir, quando não balançava o pé eu rangia os dentes, e quando não rangia os dentes balançava o pé. E pensava na minha cabeça de fogo. Minha mãe dizia que de noite minha cabeça se separava do corpo e feito uma bola de fogo ia girar à toa pelas ruas, perseguir as pessoas que estivessem acordadas; minha cabeça mordia os batentes das portas e fazia a madeira estalar e se esmigalhar sob meus dentes.

7

Os hotéis, edifícios altos de granito, tinham portarias envidraçadas por onde entravam e saíam pessoas que desciam de carrões. Mesmo o menor hotel que encontrei, de dois andares e um toldo acima da porta, pareceu-me acima de minha condição; com o dinheiro de que dispunha, três ou quatro diárias a pagar me deixariam endividada. Andei atrás de uma pensão, mas não encontrei nenhuma naquele bairro. Os transeuntes não se dispunham a me orientar, quase nunca paravam quando lhes pedia alguma informação, ou diziam rapidamente alguma coisa que em nada me ajudava. Como previra o homem da confeitaria, eu me deparava agora com a indiferença. Estava acostumada com ladrões, em São Luís também aconteciam assaltos de todo tipo. Mas lá, talvez por não terem muito o que fazer, as pessoas se empenhariam em levar um visitante a uma acomodação qualquer. Eu mesma acompanhara um turista até o recolhimento dos padres ao lado de uma igreja, onde se pagava pouco pela hospedagem. Nesta cidade imensa, onde haveria um lugar assim? Até a igreja do bairro, uma construção moderna coberta de pastilhas, parecia-me um lugar hostil.

A alegria da festa da noite anterior deu lugar à angústia. Comi em outro botequim um sanduíche de mortadela e bebi um guaraná pois, embora não me alimentasse tão bem, era mais barato que um copo de leite. Quando veio a noite eu ainda não tinha encontrado um lugar para ficar. Procurei, então, algum teatro naquele bairro. Eu era uma pessoa de teatro, meu pai passara toda sua vida trabalhando no Artur Azevedo. Era num lugar assim que eu encontraria alguém que pudesse me ajudar.

Depois de muito caminhar, passei casualmente na porta de uma pequena casa de espetáculos, aberta, com um casal comprando ingressos na bilheteria. O letreiro anunciava a peça, *Albergue noturno*, de Gorki, que me pareceu um indício bastante acolhedor. Um rapaz tomava conta da entrada; eu lhe disse que queria falar com alguma pessoa daquele teatro, que era atriz. Ele sorriu sem acreditar, a princípio, mas diante da minha insistência olhou para os lados, viu que ninguém estava nos observando e me fez sinal para que entrasse.

A platéia estava quase vazia. Poucos espectadores, sentados, conversavam baixinho; alguns procuravam os melhores lugares, calmamente. Sentei-me numa poltrona próxima ao palco, para ver de perto os atores. Observei o teatro por dentro: não havia camarotes, ou frisas, apenas poltronas na platéia, um palco alto demais e velhas cortinas, uma coisa impessoal, quase tão fria como o banheiro da rodoviária.

Era bastante diferente do teatro em São Luís, uma caprichosa construção de três andares que parecia saída de um sonho. Muitas vezes sentei-me na calçada da rua do Sol e o admirei. Tinha três portas no primeiro andar, duas janelas que as ladeavam, altas como as de igrejas. Logo acima havia sete portas-janelas protegidas por sacadas. No terceiro pavimento havia apenas três portas-janelas; da central, saía um mastro onde às vezes mandavam meu pai pendurar alguma bandeira. Para coroar a construção, como um chapéu tricórneo havia um frontão triangular com uma figura que eu não conseguia distinguir, pois ficava bem no alto.

De noite a fachada era iluminada por quatro lâmpadas que pendiam, como flores murchas, de pontas de ferros ornados e curvos. As luzes estavam sempre queimando. Meu pai, às vezes, apoiava na parede uma escada e subia os degraus até alcançar o lustre. Com cuidado removia a campânula de vidro e trocava a lâmpada por outra que tirava do bolso da camisa. Eu olhava suas pernas finas, suas nádegas murchas, os braços e as costas musculosos, os cabelos que brilhavam à luz do poste e sentia pena dele, de todas as pessoas que eram artistas mas precisavam fazer tarefas humildes para viver. Meu pai dizia que segurar cavalos à entrada de um teatro era sempre um bom começo; nunca entendi por que ele dizia isto, por que haveria cavalos na porta de um teatro. Não era raro a lâmpada escorregar de sua mão e se espatifar aos pés da escada. O diretor logo aparecia numa das janelas e gritava que meu pai era um folião bêbado que só dava prejuízo e outras palavras ainda mais ofensivas. Quando o diretor voltava para dentro, meu pai cuspia no chão, como vingança. Da mesma maneira, quando passava alguém de quem ele não gostava, papai cuspia no chão. Algumas vezes papai recebia ordens de limpar as portas e as sacadas; com um espanador tirava a poeira dos enfeites, de maneira bastante descuidada pois considerava que aquele não era seu trabalho. Um dia o vi pegando uma garrafa de bebida num dos óculos com guirlandas de pedra que ficavam acima das portas. Bebeu alguns goles, escondeu novamente a garrafa e voltou para dentro do teatro. Também o surpreendi, numa noite, com uma das bailarinas do coro que se apresentava no teatro em uma peça de vaudeville. Eu era criança e não sabia o que significavam aqueles gemidos da mulher, nem por que suas saias estavam erguidas e por que meu pai meneava os quadris daquela maneira, mas não se passou muito tempo até que eu descobrisse.

A campainha estridente me tirou de minhas lembranças. As luzes do teatro se apagaram, as cortinas abriram, os refletores iluminaram o palco. Ia começar a peça de Gorki.

8

No palco surgiu uma cave sob uma abóbada de pedras escuras de fumaça; por uma janela quadrada, no alto, entrava um raio de luz. Num canto ficava um quarto e ao lado da porta um catre de tábuas; à esquerda brilhavam chamas de um fogão; perto deste havia mais uma cama, de casal, separada das outras por uma cortina suja. Na outra parede havia leitos de tábuas enfileirados. Numa oficina um ferreiro trabalhava sobre uma bigorna, enfiando chaves em fechaduras enferrujadas e praguejando. Um homem comia uma fatia de pão preto ao lado de uma jovem que lia um livro, com os cotovelos sobre a mesa. Uma mulher perto de um samovar disse, com uma voz esganiçada, que jamais se casaria, nem mesmo por cem lagostas bem cozidas.

''Fazer-me escrava de um homem? Jamais! Nem com um príncipe americano eu me casava!'', disse a atriz.

Senti um sono terrível, eu não tinha dormido muito, naquele gramado úmido, e acordara com o sol quente às seis da manhã. Mas resisti para não adormecer.

''Cala tua boca, velha cadela!'', disse um ator. A peça prosseguia, mas eu não prestava muita atenção, perdia palavras ou frases inteiras, cochilava.

''Todos os dias, todos os dias a mesma coisa... Deixem-me ao menos morrer descansada.''

''Os gritos nunca atrasaram a morte a ninguém.''

"Acaba com isso, estúpida!"

"A instrução não vale um tostão. O importante é ter talento. Conheci um ator que para estudar os papéis mal os sabia soletrar; mas quando representava, o teatro tremia com aplausos."

"Hei de sair dessa espelunca."

Subitamente senti a mão de uma pessoa sacudindo meu braço. Não sabia bem aonde me encontrava. O rosto do rapaz que me deixara entrar estava bem perto do meu, zangado. As luzes tinham sido acesas. Olhei em volta.

O teatro estava vazio. Pedi desculpas por ter adormecido, insisti que precisava falar com alguém da peça e o rapaz me indicou uma porta, mas me disse para não demorar, ele queria fechar a casa.

Nos camarins algumas pessoas conversavam com os atores, agora vestidos de roupas normais e sem maquiagem. Tentei me aproximar de algum deles, mas não encontrava oportunidade, eles falavam e riam, ouviam seus conhecidos fazerem comentários sobre a peça, davam explicações sobre a pequena freqüência do público, era ano-novo, todos estavam viajando etc. Aos poucos foram saindo. Uma moça e um rapaz fecharam um camarim e foram em direção à porta de saída.

"Queria falar com vocês", eu disse. Eles olharam para mim, sorrindo.

"Eu sou atriz, quer dizer, gostaria de ser e preciso de um trabalho."

O casal se entreolhou. O rapaz, impaciente, fez menção de ir embora. A moça me disse que eu precisava fazer escola de teatro, de outra maneira não poderia trabalhar, eu devia ir ao sindicato de artistas na Cinelândia, e que estava uma época muito difícil, a concorrência era muito grande, tudo era muito difícil, muito difícil. E foi embora. O rapaz que me deixara entrar de graça me viu ali, sozinha, em pé, e me disse para cair fora. Nem mesmo as pessoas de teatro tinham tempo para seus colegas. Lembrei-me, com gratidão, do homem que conversara comigo na confeitaria. O guardanapo com o telefone dele estava em minha sacola.

Abri uma porta, procurando a saída, mas me vi novamente na platéia, completamente às escuras. Escondi-me entre as cadeiras e esperei. Passos ecoaram na sala, as luzes se acenderam por um breve momento, fazendo um estalido; depois se apagaram, uma porta bateu, chaves giraram numa fechadura e em seguida um grande silêncio se fez.

Levantei-me de meu esconderijo. Meus olhos tinham se acostumado com a escuridão e pude divisar a silhueta das cortinas do palco. Eu estava sozinha ali, trancada. Por uma escada lateral, subi ao palco, com cuidado para não tropeçar em nada. Tateei a mesa, senti as páginas do livro que a atriz lia durante a peça; lembrei-me de que na primeira cena um homem tinha acendido uma vela de um castiçal, e procurei até encontrar uma caixa de fósforos. Acendi a mesma vela, aliviada. Sentei-me à mesa e comi o resto de pão preto de cena, ainda fresco e saboroso. Com a vela na mão, procurei a cama de casal do cenário. Fechei o cortinado de chita, tirei as chinelas e me deitei ali.

O cenário de Gorki, à luz tênue da vela, me fazia recordar minha casa. Entreguei-me às lembranças. De olhos fechados, revi minha casa, o quintal com uma mangueira; o rosto de meu irmão Manuel e o de minhas irmãs. As quatro mais velhas dormiam em duas camas; as do meio tinham redes e eu, como era a mais nova, ficava na esteira estendida no chão. Minha casa era mais miserável do que aquele albergue noturno idealizado por Gorki. Morávamos num bairro de casebres e terrenos baldios, entre um grupo de palafitas e um curtume. Na casa em frente à minha habitava uma velha recurvada sobre sua bengala, que saía todas as manhãs para caminhar ao sol; na volta ela não conseguia abrir a porta de sua casa e ficava ali em pé, com a chave na mão, esperando que alguém se lembrasse de ajudá-la. Na casa ao lado morava um padeiro. Ele atravessava a rua todos os dias às três horas da madrugada, para acender o forno e assar a massa de pão. Mas às vezes ia para a padaria antes da meia-noite, e durante um longo tempo brilhava uma tênue luz nas frestas da janela. Eu pensava que talvez estivesse anotando receitas, limpando o forno ou peneirando a farinha de trigo e diversas vezes me via a imaginar a razão de sua permanência por tanto tempo naquele lugar. Sei que as meninas da rua gostavam dele, estavam sempre rodeando o balcão e ganhavam um suspiro que ele costumava fazer com as sobras de clara de ovo. Quando as meninas entravam na padaria, ele dizia "lá vêm as pequenas moscas atrás de açúcar".

Na outra casa ao lado da minha morava a família de um mecânico; eram apenas quatro filhos, e eu me impressionava que todos estivessem sempre bem vestidos, com aspecto de limpos; saíam de manhã para a escola, mesmo as meninas, cheirando a perfume, calçados com sapatos, levando uma pasta e um guarda-chuva.

Nossa rua tinha uma vala por onde corria a água negra dos esgotos junto com lama da chuva e o lixo que os moradores jogavam. Eu vivia com as pernas feridas por picadas de mosquitos e minhas unhas estavam sempre pretas por dentro. Quando passava o caminhão de couros para o curtume, a lama da rua levantada pelos pneus salpicava as paredes das casas. Minhas pernas e roupas estavam sempre barrentas, meus chinelos se atolavam no lodaçal. Não sabia se preferia estar lá, agora, ou estar aqui, deitada num cenário de teatro, sozinha. Soprei a vela e adormeci.

9

Fui acordada por um safanão. As luzes da platéia estavam acesas. Um vigia, de uniforme de porteiro, me disse que eu não podia dormir ali, entregou-me minha sacola e me mandou sair. Tive a impressão de que uma mulher estava escondida na penumbra do palco; mas isso não importava.

Na rua, um relógio marcava alternadamente a hora, duas e vinte e três da madrugada, e a temperatura, vinte e dois graus. Caminhei olhando os mendigos, os bares cheios de jovens e um monte de carros parados à porta, as lojas com as vitrines apagadas e as grades arriadas. Um grupo de garotos estava sentado no capô de um carro; um deles aplicava uma injeção em sua própria veia. Parei para olhar. Um deles fez sinal para que eu me aproximasse. Quando cheguei perto, um menino me segurou pelo pulso e me disse que se tomasse aquela injeção ia direto ao Paraíso. Com um safanão soltei meu braço; o maior deles veio em minha direção, ameaçador, e fugi dali.

Misturei-me a jovens que bebiam, conversavam na frente de um bar cujas mesas estavam completamente lotadas. Sentei-me numa mureta. Algumas moças vestiam saias curtas e justas; outras, shorts que deixavam parte de suas nádegas de fora. Rapazes chegavam em motocicletas ou carros, que deixavam no meio da rua, iam ao balcão, pediam cerveja e saíam com copos de papel nas mãos. Fumavam, cortejavam as garotas; alguns casais se agarravam sem se importar que os outros vissem; um rapaz acariciava as nádegas de sua garota e, perto de mim, vi uma moça passando a língua nos lábios de seu namorado. Aquilo me impressionou bastante, em minha cidade as meninas que se deixavam beijar na boca, em público, eram tidas como vagabundas, as que dançavam com saias curtas nos bares das praias eram prostitutas, assim as chamava minha mãe.

O rumor das vozes se misturava a estalidos de talheres. Crianças limpavam os pára-brisas dos carros, pediam dinheiro; vendiam chicletes ou outras coisas. Era um lugar alegre.

Um homem acenou para mim; olhei e ele fez um gesto com as mãos. No começo não compreendi o significado, a mão dele estava cerrada, ele batia com a outra no cotovelo; depois fechou a mão em copo e bateu sobre ela com a palma da outra e entendi, eram propostas obscenas; em seguida parecia que estava enfiando um punhal entre os joelhos. Olhei para os lados. O restaurante estava cheio de gente mas ninguém o via; ele continuou, entrelaçou os dedos deixando o médio livre, agitando-o, piscou o olho e inclinou a cabeça indicando a porta do banheiro de homens, ao lado, e eu como uma idiota, olhando, imóvel. Sempre tive o dom de ver coisas inusitadas. Vi num terreno baldio, perto do curtume em São Luís, uma vaca malhada cor-de-laranja e cinza; achei que estava ficando louca. No dia seguinte voltei lá mas a vaca tinha desaparecido, nunca fiquei sabendo se tinha sido uma alucinação. Via batidas de carros, gente caindo, urinando ou defecando nas ruas. Quando criança, estava assistindo a um show de mágica no teatro e o mágico estendeu um "fio imaginário" diante do rosto, perguntou se alguém estava vendo o fio e as crianças gritaram que não; mas eu via o fio. Porém fiquei calada. Então o mágico apertou o fio imaginário contra o rosto e a pele dele ficou marcada pelo fio imaginário que ninguém podia ver, só eu, e gritei "eu estou vendo o fio", e o mágico fingiu que não escutou; repeti, ele me localizou dentre o público e me fuzilou com um olhar irado, resmungou "cala a boca, idiota", e calei a boca, fiquei olhando as outras crianças, os adultos, e todo mundo parecia enfeitiçado pelo charlatão, ninguém via o fio.

"Oi, gata, está perdida?", ouvi a voz de um rapaz, perto de meu ouvido. Recuei e vi o rosto dele, estreito como uma faca.

"Que olhos arregalados!", ele disse. "E essa sacolinha? O que é que tem aí dentro, hem?"

Mudei de lugar. Depois disso, ninguém falou comigo, e ali esperei o tempo passar. De madrugada, quando o sol apareceu, quase todos tinham ido embora. A rua estava coberta de copos de papel. Crianças dormiam em cima de papelões. Um grupo de jovens embriagados caminhava pela calçada. Os carros, poucos, passavam a grande velocidade, mesmo quando os sinais estavam vermelhos. Os ônibus também vinham velozes e poucos paravam nos pontos. Famílias inteiras dormiam sob as marquises, enroladas em molambos.

Meus pés doíam. Parei numa banca. Comprei um jornal e sentei-me numa mureta na frente de uma loja de sapatos, com a vitrine decorada ainda com motivos de Natal. O caderno cultural falava sobre um escritor que tinha acabado de publicar um livro; sobre filmes, espetáculos musicais, vídeos. Havia uma lista de teatros onde se levavam dramas e comédias. Arranquei esta página e guardei-a na sacola, cuidadosamente dobrada. Procurei na parte de classificados um quarto para alugar. Havia apenas dois anunciados e perguntei ao atendente da banca onde ficavam aquelas ruas. Uma ele não sabia; a outra era num bairro chamado Tijuca. Ele me deu uma ficha e me mandou ligar do telefone público.

Atendeu a voz de uma velha, que perguntou se eu trabalhava fora. Disse-lhe que estava sem trabalho, ainda, mas que era atriz de teatro. Ela não aceitava gente que tinha trabalhos noturnos e desligou o telefone. Voltei à banca. O rapaz me disse que havia um prédio ali perto, no qual eu poderia alugar uma mansarda. Ensinou-me onde ficava o edifício.

No caminho, vi na vitrine de uma loja de lingerie, ainda fechada, um pequeno cartaz anunciando que precisavam de moça balconista com experiência. Anotei mentalmente o lugar.

II

1

Avistei o prédio antigo com mansardas sob telhas de barro. Era um edifício decadente, mas sólido, que ocupava todo o quarteirão, a umas cinco quadras da praia. A construção, as mansardas com suas janelinhas — alguns moradores tinham substituído as de madeira antigas por estruturas de alumínio — e duas águias de pedra à entrada me fizeram evocar o palácio dos Leões. Havia um carro da polícia parado à porta; os policiais comiam pastéis e tomavam caldo de cana numa lanchonete ao lado do portão de ferro. Pequenas lojas de serviço abriam as portas para os fregueses. De imensos latões se desprendia um cheiro azedo. Um mendigo revirou um dos latões, espalhando o lixo na calçada em busca de papel e garrafas que separava num carro feito de caixotes e rodas velhas de bicicleta.

Subi um lance de escadas e falei com um porteiro sentado entre uma grade de um guichê e duas centenas de nichos onde se colocavam as cartas dos moradores. Ele disse que havia uma mansarda para ser alugada, a preço bastante acessível.

O rapaz me entregou as chaves, subi os quatro andares de escadas — o prédio não tinha elevador —, encontrei muitos moradores no caminho, subindo, descendo; crianças brincavam nos corredores, velhos conversavam. Um homem passou com uma arma na cintura.

Abri a porta da mansarda e fui invadida por um cheiro de

tinta fresca. O apartamento, de apenas um aposento além do banheiro, tinha sido pintado, mas de forma grosseira, com pinceladas tortuosas em torno dos vidros e respingos no chão. Duas portas emperradas escondiam uma cozinha-armário. O teto oblíquo forrado de tábuas terminava na parede frontal, onde as janelas deixavam entrar a luz do sol. Na rua em frente, ladeada por amendoeiras, havia um pequeno comércio, carros, gente parada diante de um bar; rapazes vestidos com quimonos brancos de lutas marciais saíam de uma casa. A mansarda era romântica, ali eu me sentia a cigana em Paris e decidi alugá-la por uma temporada. Tive que pagar um mês adiantado e fiquei sem nenhum dinheiro, nem mesmo para comer.

Era bom estar num lugar fechado, na mais profunda das solidões. Um colchão sobre um estrado ocupava metade do aposento. Tirei o vestido, havia dias que eu não tomava banho, minhas axilas cheiravam a suor. A água do chuveiro caía quase em gotas e era fria; não tinha sabonete. Porém saí do banho me sentindo limpa. Nua, molhada, pulei como Bambi até o quarto, joguei-me no colchão e adormeci.

2

O barulho das televisões e das vitrolas no máximo volume despertou-me aos poucos. Eu tinha tido um pesadelo, e acordei com vontade de voltar para São Luís. Fiquei deitada, faminta, disposta a não me levantar nunca mais. Porém o calor insuportável que ao meio-dia emanava das telhas tornou impossível minha permanência na mansarda e saí.

Na escada, encontrei um menino gordinho comendo biscoitos recheados; pedi-lhe um e depois de hesitar alguns instantes ele estendeu a mão com o biscoito que tirou com muita pena do pacote. Avistei perto da lixeira um pequeno livro e o peguei para mim, feliz de ter alguma coisa com que me distrair. Mas era escrito em inglês. Tentei, inutilmente, compreender o significado das primeiras palavras. Guardei o livro, assim mesmo.

Perambulei pelas ruas do bairro até o sol se pôr, que assisti sentada na calçada da praia. No oceano azul, profundo, ondas quebravam fazendo muita espuma branca. Em São Luís as águas cinzentas do mar se misturavam a uma areia prateada que se grudava nos meus pés; não faziam ondas com espuma branca e só se aprofundavam depois de um extenso banco de areia, formando um espelho. O Rio de Janeiro estava se concretizando dentro de mim. Era real. Ao contrário, São Luís começava a se esmaecer como uma pintura que desbota pela ação do tempo.

No caminho de volta para a mansarda encontrei um vendedor ambulante que tinha espalhado uma grande quantidade de livros velhos na calçada. Perguntei-lhe se trocaria meu livro por algum outro; ele o examinou, afinal disse que sim, desde que fosse do mesmo formato, de bolso. Demorei a encontrar um que me interessasse. Fiquei com *A vagabunda*, porque era a história de uma atriz. Gostei de um trecho que dizia que na primeira fila da platéia — sua miopia não a impedia de ver —, ereto e sério, cabelos pretos brilhantes como seda de cartola, estava um certo senhor Dufferein-Chautel. Feliz porque se viu reconhecido, sua cabeça acompanhava os movimentos da atriz no palco, as idas e vindas dela, da mesma maneira que a cadela Fossette a olhava quando a atriz se vestia para sair de casa. Aquilo me encorajou. Um dia eu também iria representar num palco e um certo monsieur acompanharia meus movimentos como uma cadelinha olha sua dona, feliz de ter sido reconhecido por mim.

3

De noite fui a um dos teatros anunciados no jornal, numa rua larga daquele mesmo bairro, onde ficava um cabaré enfeitado por um imenso painel de luzes néon. Mas nem mesmo consegui entrar. Postei-me na porta e esperei que a peça terminasse. Quando os atores saíram não me deram atenção; embora eu tentasse falar com eles, estavam cercados de pessoas e tinham pressa, sentiam-se cansados, precisavam dormir, viver suas vidas.

A fome, uma fraca dor de dente e os mosquitos que zumbiam nos meus ouvidos e picavam minhas mãos não me deixaram dormir. Mas consolada percebi que não estava sozinha na mansarda; um gato surgiu na jardineira, entrou pela janela, farejou minhas sandálias de couro, parou perto de meus pés. Acariciei seu corpo ossudo e o animal recuou, assustado, como se nunca tivesse sentido antes em seu dorso o afago da mão de uma pessoa. Saltou na janela; mas logo parou, voltou-se para mim e ficou imóvel, olhando-me. Como sua pelagem era tricolor, julguei que fosse fêmea e chamei-a de Ofélia, o nome de minha melhor amiga. Lembrei-me de minhas quatro amigas em São Luís: Ofélia, Maili, Monegal e Lucinalva. Talvez naquele momento pensassem em mim, como eu pensava nelas. Deviam estar com os pés sujos de lama, as unhas pretas, respirando cal que escapava do curtume, masturbando o padeiro.

Numa noite, Ofélia saiu da padaria e correu para bater à janela de meu quarto. Contou que o padeiro tirara seu birro para fora da calça e lhe pedira para segurá-lo, ensinando-a a fazer masturbação. Depois dera dinheiro para ela. Sua cabeça comprida do lado de fora da janela, os cabelos escorridos nos ombros, a silhueta das orelhas, a voz fina murmurante ficaram gravados em minha mente como um dos momentos mais íntimos de nossa amizade. Ofélia foi embora, sob o luar, cabisbaixa, arrastando os pés na lama.

A gata deu um miado triste; com pena dela bati à porta de uma mansarda vizinha e pedi algum resto de comida, dizendo ser para o gato. Depois de me interrogar com perguntas astuciosas para descobrir quem eu era, o que eu fazia, a mulher que atendeu à porta me deu um prato com arroz, um pedaço de bife de panela e feijão, farofa, macarrão, tudo misturado. Disse que era costureira e me ofereceu seus serviços.

Dividi a comida com a gata; só depois disso consegui adormecer.

Na manhã seguinte acordei com Ofélia deitada aos meus pés. Vesti-me, penteei os cabelos e saí. Eram onze horas da manhã, eu estava de novo com fome. Lembrei-me da casa de lingerie com o cartaz de papelão oferecendo emprego. Procurei o lugar e depois de muito refletir diante da vitrine entrei. Eu podia trabalhar ali de dia, e de noite fazer teatro.

4

Quatro moças uniformizadas atendiam freguesas, mostrando-lhes sutiãs ou calcinhas de rendas, peças que eu tinha visto na vitrine, feitas em materiais delicados. Uma das balconistas veio sorrindo me atender. Disse-lhe que não queria comprar nada, estava procurando trabalho e tinha visto o anúncio na vitrine. As moças se entreolharam; uma delas me indicou um homem atrás da caixa registradora, gordo, com a pele coberta de pequenos furos, poucos cabelos na cabeça e alguns nas orelhas. Ele me olhou com interesse e perguntou o que eu queria. Expliquei novamente. Ele disse que pagava a princípio um salário mínimo, mais uma comissão sobre as vendas, de dois por cento, descontado o salário; assinava carteira profissional e perguntou se eu tinha experiência.

Gostaria de mentir, mas achei o rosto dele confiável e disse que nunca tinha trabalhado de balconista. Era atriz de teatro na minha cidade, acabara de chegar do Norte, estava precisando muito do emprego; eu saberia fazer aquilo, bastava imaginar que estava desempenhando o papel de uma vendedora, em uma peça de teatro; além disso as calcinhas e os sutiãs eram de boa qualidade, fáceis de vender. Ele perguntou minha idade e disse-lhe que tinha dezessete anos, ruborizada por estar mentindo.

"Dezessete? Parece ter menos", ele falou. A voz dele era

gutural, o peito grande; poderia ser um barítono de ópera. Isso o tornou mais simpático para mim.

"Não posso empregar uma moça da sua idade."

Supliquei-lhe que me desse o trabalho, disse que não precisava assinar minha carteira, nem mesmo tinha carteira. Ele hesitou, pediu meus documentos; eu não tinha documentos, apenas a certidão de nascimento que estava na casa de meus pais, mas poderia pedir pelo correio que logo a teria em mãos. Disse que aceitava menos que o salário mínimo, que aceitava apenas a metade da comissão sobre as vendas, que ele poderia fazer uma experiência comigo, uma semana apenas, depois decidiria se me empregaria ou não. Ele refletiu, fez alguns julgamentos íntimos e disse que estava bem. Mandou-me voltar no dia seguinte, mas disse-lhe que poderia começar imediatamente.

Ele me mandou entrar por uma porta estreita e vestir o uniforme. Era o vestiário das funcionárias. Havia dois conjuntos de saia e blusa pendurados em ganchos, caixas e mais caixas empilhadas. Ambos os uniformes ficavam largos em meu corpo; cheiravam a perfume barato. Encontrei um alfinete para apertar o cós da saia. Calcei os sapatos de salto alto, também grandes para meus pés, saí uniformizada e me apresentei a ele.

"Esqueci de dizer, meu nome é Bambi."

"O meu é Frederico. Pode me chamar de seu Fred."

Ele me deu algumas instruções sobre o funcionamento da loja e me mandou começar meu trabalho.

Uma das moças se aproximou de mim e disse, ao meu ouvido, que mulheres bonitas nunca demoravam ali muito tempo. Olhei para ela, era feia, rosto inchado; as outras, matronais, de rostos sofridos, talvez tivessem sido bonitas um dia. Três eram mulatas, a quarta era meio loura, de cabelos oxigenados mas com as raízes castanhas. Tinham os lábios pintados e me mandaram passar também batom, que uma delas me emprestou. Fui para a porta da loja.

Quando alguma mulher parava diante da vitrine eu sorria para ela; a maioria acabava entrando, eu mostrava as peças tirando-as das caixas sem saber muito bem o que cada uma continha, mas acabava vendendo alguma coisa. Não custei a descobrir que o segredo era abrir caixas e caixas, mostrar a variedade de peças à freguesa; sempre havia uma que lhe agradava. Além disso, as clientes mais bondosas ficavam constrangidas por terem me dado tanto trabalho e procuravam retribuir comprando alguma coisa. No fim do dia minhas pernas doíam; mas eu tinha feito um bom trabalho.

Seu Fred me elogiou para as outras moças, que me olharam com rivalidade ou pena. Arrumei as caixas que estavam fora do lugar, tirei o uniforme, vesti minha roupa. Mas não fui logo embora, fiquei ali parada, como se esperasse alguma coisa.

"Você não almoçou, menina, eu vi que você não almoçou", ele disse, fechando o cadeado da grade, agachado.

Com muita timidez, pedi a seu Fred que me adiantasse um pouco de dinheiro pois eu estava sem nada, nem mesmo para jantar.

"Aqui não tenho o costume de dar vales para as funcionárias", ele disse. "Vou levar você para comer. Venha comigo."

5

Entramos num pequeno restaurante com mesinhas no fundo em um jardim, onde os fregueses se serviam num bufete e depois pesavam os pratos numa balança; um lugar freqüentado por atletas, balconistas, gente que vinha da praia, ainda em trajes de banho embora já fosse quase noite. Seu Fred fez um enorme prato, pediu dois sucos, pagou e escolheu uma mesa meio escondida, entre arecas. Fiz também um prato bem farto e me sentei na frente dele.

Ele me crivou de perguntas sobre meu passado, minha cidade, meus pais. Acabei contando-lhe quase toda a história de minha vida — sem falar no roubo do dinheiro de minha mãe —, era uma vida curta com poucas coisas para contar, mas inventei algumas histórias para agradá-lo. Enquanto isso ele comia seus bifes à milanesa com arroz, lentilhas e suas saladas, regados com goles de suco de melão; ouvia-me sem me olhar, emitia uns grunhidos vindos do fundo da garganta. Quando terminou de comer, meu prato ainda estava pela metade. Ele foi pegar a sobremesa e aproveitei para devorar a comida. Eu tinha que falar, ele queria ouvir, queria companhia, devia ser um homem solitário. Quando sentou-se novamente perguntei-lhe se tinha família.

"Tenho minha mulher e um filho. Você tem irmãos?"

"Somos oito irmãos. Sete mulheres e um homem. Eu sou a mais nova das mulheres. Mas meu irmão é mais novo do que eu."

"O batom ficou bem em você. Mas agora saiu."

Limpei a boca com um guardanapo. A boca dele estava suja de creme de leite. Ele comia com voracidade, gostava de doces, refez o prato de sobremesa duas vezes.

"Então você quer ser atriz. Todas as meninas da sua idade querem ser atrizes, por causa da televisão. Dá para ganhar um bom dinheiro, mas a reputação... dizem que elas tomam drogas no banheiro das festas e têm que ir para a cama com o chefe para ganhar um papel numa novela."

"É mesmo?"

"É o que se fala por aí."

"Eu não quero ser atriz de televisão, mas de teatro."

"Se você não trabalhar na televisão nunca vai ficar famosa. Ninguém vai assistir a suas peças."

"Eu sei. Mas eu gosto de teatro."

"Ninguém vai chamar você para fazer peças. Ou você faz televisão ou não faz nada. A televisão manda em tudo hoje em dia. Quando a mulherada entra na minha loja atrás de um sutiã meia-taça é porque viram na novela na noite anterior. A gente tem que estar sempre de olho no que acontece nas novelas. Se a atriz da novela tem peitos grandes as freguesas pedem aquele sutiã que aumenta os seios, que tem uma borracha por dentro. Mas assim vou ganhando meu dinheiro. Pagam uma fortuna por um pedacinho de pano com rendinhas que mal cobrem os pêlos e o bico dos peitos. Antigamente é que era bonito. São as bichas que fazem a moda para as mulheres, eles não entendem nada de mulher. Era muito mais sensual aquele calção que elas usavam antigamente quando os veados não faziam a moda das mulheres."

Pensei nas minhas calcinhas de algodão, largas e compridas. Não me sentia nada sensual dentro daquilo.

"Elas nem gostam mais de usar sutiã", ele continuou, "só as que têm o peito grande e caído. É a derrocada dos costumes. Veja esse bairro, por exemplo. Isso aqui é a elite. As pessoas são descuidadas, usam chinelas de praia, roupas indecentes. Os homens agora vão trabalhar de bermudas e camisetas de regata; antigamente até os pobres usavam terno e chapéu, não tinham dinheiro para o sapato, andavam descalços, mas de terno, ali, respeitosos. Hoje ninguém mais respeita ninguém, e ninguém se dá ao respeito e ninguém respeita mais as convenções, ninguém mais quer saber de se sacrificar por nada, nem mesmo o casamento e a igreja eles respeitam, se divorciam por qualquer briguinha, os filhos que se danem. Deixam a igreja para fazer macumba e depois reclamam que a cidade é suja, que isso e aquilo. Nesta cidade ou você se acanalha ou você enlouquece. E, mesmo assim, milhares de pessoas, como você, vêm para cá, apenas para morarem nas favelas ou perderem a vida num assalto. Antes da cidade crescer, as coisas não eram assim. Não, as coisas não eram assim."

E entrou a falar no passado. Disse que aquele bairro antigamente era um areal coberto de coqueiros e vegetação rasteira, cortado por riachos, com uma longa e maravilhosa praia de areias branquíssimas e ondas altas, casas ajardinadas, com muros baixos e cercas vivas, algumas mesmo sem muros. O bonde passava soltando fagulhas elétricas. Ele saltava do bonde com sua garota de saia rodada.

"Sinto saudades de quando as moças usavam aquelas saias largas, tão femininas, e dos cabelos que usavam presos em coques. Minha garota trazia uma cesta de piquenique com cervejas, empadinhas de queijo que a mãe tinha feito, galeto assado, farofa de passas; ficávamos sentados numa duna e passávamos a tarde conversando, rindo, sem ninguém para incomodar. Eu nem pegava na mão dela. Naquele tempo as moças ainda usavam sombrinhas ou chapéus de abas largas para se protegerem do sol, tinham a pele macia como veludo. Um carro podia atravessar a cidade de um a outro extremo sem precisar parar nenhuma vez. Veja agora." E apontou para a rua.

Carros e ônibus passavam fazendo barulho, fumaça. Muitos automóveis estavam estacionados sobre as calçadas, ou ao longo dos meios-fios. Ouviam-se apitos, vozes, motores, buzinas.

"Uma bomba atômica no Terceiro Mundo, é isso, não tem outra solução", ele disse. "Apenas uma bomba atômica no Terceiro Mundo vai salvar a humanidade."

Um garoto entrou no restaurante e pediu dinheiro de mesa em mesa. Seu Fred tirou uma nota de pouco valor da carteira e a deu para o menino, antes de ele ser expulso por um empregado.

"Não conte para as outras que trouxe você para jantar", ele disse. "Elas podem ficar com ciúmes."

"Pode deixar, não vou contar nada."

Ele tirou mais dinheiro da carteira e me deu também algumas notas.

"Depois o senhor desconta", eu disse. "Obrigada, o senhor é muito bom."

6

Eu estava cansada demais para ir aos teatros e resolvi deitar-me. De noite, enquanto fazia fantasias estendida no colchão soprou uma ventania forte que uivava nas frestas das janelas. Logo em seguida desabou uma tempestade. O barulho da água nas telhas parecia uma música e imaginei que iria passar uma noite agradável; mas a chuva começou a penetrar pelo telhado e a inundar a mansarda. Usei minhas roupas para tentar barrar a passagem da água, porém em pouco tempo tudo ficou num estado lastimável. A mansarda parecia um barco à deriva em alto-mar durante uma tormenta. Ofélia se enroscou em mim. Num canto seco, abraçadas, esperamos a tempestade passar.

Na manhã seguinte comprei dois baldes num mercado próximo, para o caso de uma outra chuvarada de verão. Tomei café da manhã numa casa de lanches, um bom sanduíche de queijo branco com pão de centeio e um suco de goiaba. Sentindo-me bem, cheguei na loja antes da hora marcada.

Seu Fred me chamava a todo instante, me ensinava artifícios para vender melhor, mostrava onde ficavam as caixas e como deviam ser organizadas. Naquele dia e nos dias seguintes vendi bastante sutiãs e calcinhas e jantei todas as noites com seu Fred no restaurante de comida a peso.

Ele me contou também sua vida. Eu o escutava paciente, fazendo murmúrios para indicar que estava atenta a suas palavras; embora sua vida fosse longa, era menos interessante do que a minha. O filho dele sofria de uma doença grave, a mulher não o amava mais, ele se sentia melancólico, solitário como eu havia pensado, morava num apartamento escuro, não gostava de voltar para casa, às vezes dormia num pequeno apartamento que tinha ali por perto, era dono também de outros apartamentos conjugados que alugava para firmas, alguns terrenos, uma casa de praia, um túmulo perpétuo no cemitério São João Batista, tinha bastante dinheiro mas não sabia como ser feliz.

Dava-me sempre um pouco de dinheiro, que eu usava para minhas refeições diárias e uma ou outra coisa que precisava, como absorventes íntimos, remédio para a terrível cólica que senti antes da segunda menstruação, comida para Ofélia, pasta de dentes. Depois seu Fred passou a me dar pequenos presentes durante os jantares, "lembrancinhas", como ele chamava: um batom vermelho, um conjunto de sutiã e calcinha dos mais baratos do estoque, um par de meias transparentes. Um dia me deu um isqueiro e um maço de cigarros e me ensinou a fumar.

"É elegante uma mulher fumando", ele disse.

7

O tempo passava devagar. Eu sempre trocava no ambulante o livro que já tinha lido por um outro, que lia antes de dormir. A solidão me fazia revirar o corpo na cama, causava agonia em meus pés; esfregava-os um no outro sem poder dormir. Andava pela mansarda, fumava um cigarro, olhava pela janela; mas logo me deitava novamente pois o piso de madeira fazia meus passos ressoarem e o vizinho de baixo dava pancadas no teto com um cabo de vassoura, ou então gritava pela janela para que eu parasse de me comportar feito um touro furioso. Nessa época aprendi a ter prazer sozinha. Não era difícil e aquilo me aliviava, embora me deixasse depois com uma dorzinha na ponta do osso entre as nádegas.

De noite eu ia para as portas dos teatros ver a saída dos atores, mas nunca conseguia falar com nenhum deles. Quando juntei um pouco de dinheiro, comprei um ingresso e fui assistir a uma peça, *Escola de mulheres*. Eu sabia de cor algumas falas, "os chifres são o adorno infalível de qualquer matrimônio", ou então, "outro, com um pouco mais de sorte, vê sua mulher receber presentes todo dia, mas não se mortifica de ciúmes: porque ela o convence facilmente de que são os prêmios da virtude". Diverti-me bastante. Voltei para casa feliz e abracei Ofélia.

Quando contei a seu Fred, no jantar, que tinha assistido à peça, ele me perguntou se queria ir ao teatro com ele. Aquilo me fez gostar dele ainda mais. Embora fosse rude em suas palavras mostrava, através de seus atos, ser um homem generoso. De certa forma anulava seus gestos de magnanimidade com aquela maneira ranzinza de tratar as pessoas, mas alguém que o conhecesse bastante seria levado a apreciá-lo ou, até mesmo, admirá-lo.

Levou-me a ver as comédias, ele só gostava das comédias, e quase todas que escolhia eram de baixo valor, com moças de corpo bem-feito, quase nuas, homens imitando mulheres, e os atores diziam coisas obscenas das quais todo mundo ria mas eu não achava nenhuma graça. Pedi-lhe para irmos ver os dramas, teatro clássico; ele aceitou. Mas ficava entediado e adormecia. Roncava na platéia, às vezes arrancando risadas dos espectadores, deixando-me coberta de vergonha. Eu também tinha um pouco de vergonha de sua imensa barriga, assim como de suas gravatas rotas, temia que o tomassem por meu pai, ou meu marido. Porém conseguia vencer esses sentimentos mesquinhos e dava-lhe o braço para sairmos das casas de espetáculos.

Um dia ele me perguntou se tinha vergonha de andar com um homem feito ele. Disse-lhe que não, de maneira nenhuma, ele era motivo de orgulho para mim, um amigo muito querido.

"Apenas amigo?"

Sim, meu amigo, disse-lhe, a amizade era uma coisa preciosa. No dia de meu aniversário — confessei-lhe que completava catorze anos — ele me levou para ver *Romeu e Julieta*, me deu uma flor de pano, me levou para jantar no restaurante de um hotel, pediu uma comida cara e uma garrafa de vinho que veio dentro de um balde de gelo. A testa dele pingava sem parar, e ele a secava com o guardanapo.

"A partir de hoje não precisa mais me chamar de seu Fred. Pode me chamar de Fred", ele disse. "Você é muito bonita." Brindou comigo à minha nova idade e me convidou a subir com ele para um dos quartos naquele mesmo hotel.

Fiquei paralisada. Não sabia como negar, mas não queria subir ao quarto com ele. Fiz alguns rodeios, afinal disse-lhe que não era adequado que subíssemos ao quarto, que eu estava mal vestida, que minhas roupas íntimas eram vagabundas e ele estava acostumado com coisas finas, que eu estava num mau dia, que poderíamos estragar nossa amizade, cada vez mais ele insistia e eu inventava um novo argumento para dissuadi-lo.

Não fomos para o quarto. Ele me deixou de táxi na frente da mansarda, calado, melancólico.

8

No dia seguinte, na loja, ele me pareceu outro homem. Não tinha feito a barba, os olhos estavam sombrios, os cabelos desgrenhados. Com brutalidade retirou de uma das caixas uma calcinha e um sutiã vermelhos, jogou-os no chão do vestiário e me mandou vesti-los. As vendedoras e uma freguesa que estava na loja ficaram mudas, olhando-me, as balconistas com a expressão de quem tinha avisado, "eu não falei?".

Entrei no vestiário e fiz o que seu Fred mandou. Ele abriu a porta com violência quando eu ainda abotoava o sutiã, disse que eu estava me aproveitando dele, que tinha aceito todos os presentes e jantares e agora o rejeitava; quando disse *rejeitava* sua voz soou como a de um menino. Fiquei com tanta pena dele que segurei sua mão.

Ele agarrou-me pela cintura, me encostou contra a parede. "Não grite", disse.

Eu o empurrei, mas ele era forte e cada vez mais eu via seu rosto se aproximando. Tentou beijar-me, mas fechei a boca apertando os lábios. Jogou-me no chão, segurou meu ombro e com a outra mão arrancou a calcinha vermelha que eu usava. Se eu devia alguma coisa a ele, iria pagar agora, e não abri a boca nem para fazer um murmúrio. Lá fora as moças deviam imaginar o que se passava no vestiário. Fechei os olhos e esperei, resignada. Não queria feri-lo ainda mais. Ele jogou seu corpo pesado em cima de mim, ofegante, e murmurando palavras de amor tentou entrar, com seu pênis pequeno e quase sem ereção. Quanto mais ele tentava, mais eu sentia pena dele; imaginava-o em sua casa escura não conseguindo possuir sua mulher que não o amava e imaginava a cara do filho dele que era doente e o túmulo perpétuo no cemitério, e sentia ainda mais pena dele. Com a pele avermelhada, o rosto suado, afinal ele desistiu. Sentou-se ao meu lado no chão e abaixou a cabeça.

"Não me entenda mal", ele disse.

Vesti meu vestido velho e fui embora. Na mansarda, juntei tudo que ele tinha me dado, meti numa caixa, passei na loja. Deixei a caixa em cima do balcão e disse que nunca mais voltaria lá.

Guardei apenas uma camélia branca de pano, com folhas verdes, que ele tinha me dado no dia em que fomos ver *Romeu e Julieta*.

III

1

Uma vez ouvi um ator dizendo que estava sempre em busca de seus personagens, como um cão domesticado que não sabia mais viver sem um dono. Os personagens não existiam dentro dos atores apenas quando estavam no palco, ou nos preparativos para a entrada num palco. Em suas vidas, mesmo, viviam personagens diferentes — foi o que ele disse. Imaginei, por causa disso, que naquele momento, quando deixei a caixa sobre o balcão da loja de seu Fred, uma cortina tinha se fechado; dentro daquela caixa estavam os adereços de meu personagem Balconista, e estava igualmente a vida deste personagem, que ali morria. Então eu senti um vazio em mim.

O dinheiro que eu tinha guardado não dava para pagar mais um mês de aluguel. Era carnaval, a dona da mansarda queria alugá-la para uns cozinheiros suecos que pagavam em dólar mais que o triplo do que eu pagava ali. As outras mansardas encontravam-se ocupadas por japoneses, chilenos, argentinos. Mas a cidade estava vazia, as pessoas se concentravam nos lugares de festas, nas avenidas das praias, na Rio Branco e na Marquês de Sapucaí onde as escolas de samba desfilavam. Despedi-me de Ofélia, entreguei ao porteiro as chaves da mansarda e fiquei na rua, olhando os bandos que se divertiam.

A maior parte era de homens travestidos com roupas de prostitutas de filmes de bangue-bangue, perucas, saltos altos; ou então fantasiados de noivas, de mulheres grávidas, de bailarinas; fechavam as ruas, sentavam-se sobre os automóveis, beijavam os motoristas, diziam expressões de escárnio, hostilizavam as mulheres; alguns desfilavam em carros conversíveis, vaidosos, sua feminilidade feita de seios de espuma.

A banda do bairro tinha um clima mais festivo; um grupo de percussão e metais tocava marchas, animando uma multidão, a maior parte de pessoas sem fantasias, e todos iam atrás de um carro aberto sobre o qual vedetes seminuas meneavam os quadris ao lado de um rei gordo sentado com cetro, manto, coroa, olhos delineados por uma linha preta e bochechas pintadas de ruge; logo atrás do carro um grupo de mulatas de pouca roupa dançava. Giravam o corpo com uma das mãos para o alto e a outra encostada no umbigo onde estavam coladas bolinhas de contas; balançavam os quadris, davam um salto e paravam a dança por um instante, junto com a música; saltavam, caindo então do outro lado, jogavam a cabeça para trás e continuavam seu desfile.

Meus dentes doíam fortemente. Aquela dor me deixava louca; também a vontade de fumar, mas não queria gastar dinheiro com cigarros, tinha pouco e ia precisar para comida. Eu comprara uma sacola colorida de náilon, onde guardava minhas coisas, mas aquela sacola iria despertar o interesse de vadios da rua. Consegui num camelô uma saca de papel e meti ali dentro tudo que tinha. Minha situação se parecia com a do dia em que eu chegara no Rio.

Precisava me preparar para mais noites na rua. Numa farmácia comprei cera para dor de dente, um envelope de comprimidos analgésicos, um dos quais tomei com água que pedi num bar. Comi um quibe, de sabor ácido e gorduroso, detestável; eu tinha me acostumado com os jantares do seu Fred. Algumas horas mais tarde a dor de dente retornou, porém os comprimidos e a cera não fizeram mais nenhum efeito.

Casais se formavam em cada canto, gente se agarrava nas esquinas, homens passavam a mão nas moças que dançavam na rua, mulheres de biquíni desciam dos carros e entravam nos clubes ou nos ônibus. Naquela noite adormeci no banco de uma praça, ouvindo o som distante de uma banda. Acordei com o sol quente no meu rosto e com os dentes latejando de dor.

O comércio estava fechado, não havia como procurar um emprego, mesmo assim eu perguntava nas barracas de sanduíches, nas tendas que vendiam enfeites de carnaval; a resposta era sempre a mesma. Não consegui nada. A dor de dente se tornou insuportável. Orientada pelo mesmo rapaz da banca que me ajudara a encontrar a mansarda, procurei um hospital público, mas os médicos estavam cheios de trabalho, atendendo pacientes acidentados em colisões de automóveis, bêbados, mulheres estupradas, pessoas esfaqueadas, baleadas, surradas. Não havia nenhum dentista.

Eu ainda guardava comigo o guardanapo com o telefone do homem velho que falara comigo na confeitaria. Comprei uma ficha numa banca e liguei de um telefone público.

"Queria falar com o senhor...", li no papel, "senhor Gustavo."

O homem, um empregado muito educado, perguntou quem desejava falar com o doutor Gustavo.

"Ele... ele me deu o telefone dele e me disse que ligasse se precisasse de ajuda. Foi na confeitaria Colombo."

O empregado fez uma pausa. "Vou verificar se o doutor Gustavo já chegou. A senhorita aguarde apenas um instante, por favor."

Achei estranho que ele tivesse um empregado homem, mas a voz era mesmo a de um empregado. Lembrei-me do seu Fred e tive um impulso de desligar o telefone, mas a dor de dente era intensa, alguém tinha que me ajudar. Alguns momentos depois ouvi a voz afetuosa de um homem.

"Alô, como vai?"

"O senhor se lembra de mim?"

"Sim, claro. Você está em dificuldades?"

"Estou com dor de dente."

Ele ficou em silêncio, sem saber o que dizer.

"Eu... já fui a um hospital, mas não puderam me atender. Pensei que talvez o senhor pudesse ser um dentista, seria tão bom se o senhor fosse um dentista."

Ele riu. Depois pediu desculpas por estar rindo. "Sou psiquiatra", ele disse. "Onde você está?"

"Na frente da farmácia Piauí. O senhor sabe onde fica?"

"Sim. Vou mandar alguém buscá-la. Não se preocupe, vou conseguir-lhe um bom dentista."

"Obrigada, obrigada, nem sei como agradecer, eu só liguei para o senhor porque estava desesperada, a dor é muito forte, não gosto de pedir nada a ninguém, nem incomodar ninguém —"

"Pode ficar tranqüila, não vai me incomodar. Espere na calçada. Um carro vai pegá-la."

Fiquei parada ao lado de uma banca de jornais, esperando o carro. Tive medo do homem, a voz dele era de alguém muito educado, mas eu tinha aprendido a temer as pessoas. Não se passaram mais de dez minutos e um carro preto brilhante parou na frente da farmácia. Dele saltou um motorista uniformizado que veio em minha direção, depois de dar uma olhada em todas as pessoas que estavam por ali.

"A senhorita é a amiga do doutor Gustavo?"

"Sou."

Ele abriu a porta traseira do carro, fez sinal para que eu entrasse, fechou a porta com precisão, entrou no banco da frente e deu partida. O carro arrancou, suave, em direção à praia. Fez a volta, passou pela praça onde eu tinha dormido a noite anterior — daquele banco aveludado do carro vi o banco de madeira da praça, com uma sensação de tristeza, não sabia por que — e enveredou por uma ladeira íngreme.

2

O carro subiu até o fim da rua, parou diante de um portão de madeira que se abriu num passe de mágica, e entrou num jardim com árvores frondosas. O motorista abriu a porta para que eu saltasse e um mordomo levou-me para dentro da casa, indicando o caminho com mesuras.

A sala imensa, iluminada, com poucos móveis e apenas um quadro feito de manchas dava uma impressão de austeridade. Fiquei em pé, esperando. Avistei, através de uma parede de vidro, um terraço rodeado por uma floresta. Pássaros faziam algazarra, quebrando o silêncio mas aumentando a grande paz que parecia reinar naquele lugar. Depois de alguns instantes apreciando a floresta, sentindo o frescor da brisa, um ruído seco de passos soou atrás de mim e me virei.

Um homem descia as escadas, sorrindo, com uma das mãos estendidas, a outra segurando uma bengala com a qual ele se apoiava de degrau em degrau. Vestia uma calça aveludada e uma camisa xadrez. Sobre suas orelhas pontudas pousavam as hastes leves de um par de óculos. Seus olhos miúdos exprimiam bondade e autoridade, se é que estas qualidades podiam conviver serenamente numa só pessoa. Eu me lembrava de um homem bastante diferente.

"Como vai?", ele apertou minha mão.

Não era tão velho como eu me recordava, apenas tinha cabelos e barbas brancas.

"Então está com dor de dente. Deixe-me ver, seu rosto me parece um pouco inchado. Já providenciei um dentista para você."

"Obrigada."

"Conseguiu um lugar no Teatro Municipal?"

"Não, só consegui trabalhar numa loja, mas o... Mas acabei saindo. Estou sem emprego. Logo que acabar o carnaval vou arranjar outro, quem sabe dessa vez em teatro."

"Poderia, se você quisesse, conseguir alguma coisa para você. Tenho um amigo que dirige óperas. Mas... talvez... você gostaria de fazer teatro infantil?"

"Claro que sim. Quer dizer, não apenas teatro infantil, quero fazer grandes papéis, como a..."

"Apolônia Pinto?"

"Sim."

"Desculpe-me não ter me lembrado dela, naquele dia. Foi uma grande atriz, muito versátil e profunda. Você é de São Luís?"

"Como o senhor sabe?"

"A Apolônia Pinto nasceu lá. Deduzi."

Ele disse que conhecia e admirava minha cidade natal. Tinha estado lá uma vez, para fazer uma palestra sobre psiquiatria e achara as pessoas bastante cultas. Os maranhenses amavam seus escritores, erigiam estátuas a seus poetas. Jovens sabiam de cor versos de Gonçalves Dias, o poeta do adeus, tratado ali como um herói nacional, inspirando inumeráveis dramaturgos, autores de teses ou novos poetas que o mantinham vivo. Os pirralhos das escolas escreviam seus próprios versos e enriqueciam sua fala com citações de clássicos da literatura. Jovens e velhos mantinham a tradição das tertúlias literárias, da discussão do vernáculo, dos grupos intelectuais. Em bancos das praças ou em bares, o doutor Gustavo tinha visto gente debatendo acerca da conjugação reflexa de um verbo, da cor dos olhos de um personagem de romance, sobre o emprego das iniciais maiúsculas, sobre anacolutos, pleonasmos, hibridismos, animismo ou as moscas nas bananas de Ferreira Gullar. Mesmo os pobres e analfabetos expressavam-se com apuro, fazendo uso de um vocabulário precioso. Isto o impressionara bastante em São Luís.

"Mas agora chega de conversa", ele disse, "minha mulher encontrou um dentista para você, talvez seja o único que não está viajando, você sabe, no carnaval não fica ninguém na cidade."

Senti-me aliviada quando ele falou em sua esposa.

"Ele vai atender você imediatamente, meu motorista vai levá-la ao consultório. Não se preocupe com pagamento, ele me deve muitos favores. Depois volte aqui, para me dizer se foi bem atendida e para que eu lhe dê o endereço do teatro onde você pode trabalhar."

"Obrigada", foi tudo o que consegui dizer. Sentia vontade de chorar, e de perguntar-lhe por que sua perna estava dura, se tinha se machucado.

Do carro, gelado no interior, as ruas me pareciam distantes.

3

O dentista que tratou de mim estava impaciente, era jovem e disse que seu pai o tinha mandado em seu lugar porque não se sentia muito bem, mas que ele resolveria tudo. Fez-me sentar numa cadeira confortável, tirou radiografias, levou-me a outra sala cheia de equipamentos e tratou de meu dente, em silêncio, concentrado, com a ajuda de uma enfermeira de avental branco. No final disse-me que eu precisava voltar lá algumas vezes para extrair os nervos daquele molar.

Quando saí, o carro com motorista estava ainda na porta da clínica, uma casa antiga de dois andares e varanda, com um pequeno jardim na frente.

O motorista me levou de volta para a casa do doutor Gustavo. Dessa vez ele estava ouvindo música, sentado numa outra sala. Quando me viu levantou-se apoiado na bengala e arrastando a perna dura veio falar comigo.

"Então? A dor passou?"

"Passou."

"Vai voltar, quando acabar o efeito da anestesia. Mas não se preocupe, será por pouco tempo e com menor intensidade do que antes. Amanhã não vai mais doer, nem um pouco. Falei com meu amigo, não aquele, mas outro, sobre você trabalhar no teatro, ele me deu este endereço aqui", estendeu-me um papel que tirou do bolso, "e disse para você passar lá amanhã às duas da tarde para fazer um teste."

"Teste?"

"Apenas um procedimento de praxe, ele quer ver você, saber se serve para o papel de Princesa."

"Princesa?"

"Foi o que ele me disse. O nome dele é Petrovski."

"Petrovski."

"Você quer jantar comigo?"

"Eu... sim, aceito, claro."

"Daqui a uma hora o jantar estará na mesa. Não é muito cedo para você?"

"Não."

"Quer ouvir música? Ou prefere ver minha biblioteca? Ou assistir televisão, passear no jardim, o que você quer fazer?"

"O que o senhor quiser."

Ele indicou uma porta; entrei. Era uma sala um pouco menor do que a outra, repleta de livros, desde o chão até o teto, uma mesa com uma tela e um teclado de letras e números, que fiquei olhando com curiosidade.

"Isto é um computador, conhece?", ele disse.

"Ah, já li alguma coisa sobre isso, numa revista."

"Você gosta de ler?"

"Gosto. Às vezes sonhava ser escritora de romances, ou de poesias. Li muitos livros. Na minha cidade havia um homem chamado Professor, assim mesmo, Professor; ele me emprestava os livros dele, me dava peças de teatro para ler. Ele... me ensinou a ler corretamente."

"Você não estudou na escola?"

"Não. Meu pai não quis. Meu irmão me ensinou a ler e a escrever, quando eu tinha uns seis, sete anos de idade, mas eu errava muito as letras, escrevia Jãoa, em vez de João, e trocava o esse pelo efe. Quando eu não conseguia ler alguma palavra que ele tinha me ensinado no dia anterior, Manuel — é assim que meu irmão se chama — subia numa mangueira e ameaçava se jogar lá do alto. Eu acabava me lembrando."

Ele riu. "É um método inovador. Você acha que ele teria realmente coragem de se jogar?"

"Claro! Uma vez Manuel se jogou e quase quebrou as duas pernas."

"Esse Professor... que livros ele lhe dava para ler?"

"Me deu primeiro a Bíblia, depois livros daqueles gregos antigos —"

"Quais?"

"Não me lembro de todos os nomes, um que viajava e tinha uma feiticeira numa ilha e sereias e a mulher dele ficava esperando tecendo..."

"Homero? Você leu a *Odisséia* de Homero?"

"Sim; e aquele do cavalo de Tróia, e os pastores bucólicos e Amarílis, e aquela mulher da ilha das lésbicas."

"Safo."

"E aquele do banquete de... Tri... Trimálquio. E depois as peças antigas que levavam nos anfiteatros, Édipo, Eletra, Jocasta, Eurípides eh... e depois... depois escritores portugueses e brasileiros, Eça de... aquele Antônio Manuel Álvares de... o que queria morrer, era pálido. Desculpe, estou nervosa, não consigo me lembrar direito dos nomes, mas quando estou calma lembro-me de tudo muito bem."

"Venha ver meus livros. Escolha alguns para ler em sua casa, depois você me devolve."

"Posso, mesmo?"

"Pode. Vou selecionar alguns para você."

Ele tirou quatro livros, escolhidos depois de muita reflexão.

"Este aqui foi escrito por um amigo meu. Sabe que... sabe que publiquei dois livros?"

"O senhor é escritor?"

"Não, não, mas fui, quando era jovem."

"A gente nunca deixa de ser o que foi. Meu irmão, Manuel, escreve poesias, desenha. Mas ele tinha muito medo de cavalos."

O doutor Gustavo se interessou por Manuel e me fez falar sobre ele. Meu irmão tinha um medo tão intenso de cavalos que, em algumas ocasiões, se enroscava na cama e se recusava a falar com quem quer que fosse. Meus pais achavam que aquilo era apenas um "jeito esquisito". Mas um dia Manuel cortou seu pênis com uma faca, tentando arrancá-lo fora. Quando quiseram tirar a faca de sua mão, ele atacou meu pai, fazendo um corte profundo em sua coxa. Foi levado para o hospício, mas logo o deixaram sair. Ele nunca mais demonstrou ter medo de cavalos. Porém às vezes parava diante de alguma janela e ficava olhando para dentro da casa, imóvel, mesmo depois que alguém a fechava; dormia algumas noites num galho da mangueira do quintal; os meninos na rua passaram a chamá-lo de Coruja Maluca.

"Ele tem os olhos redondos e dourados, tão imóveis que parecem mesmo os de uma coruja. Olha para mim como se eu fosse transparente. Mas minha mãe também tem esses olhos, e ela não é maluca. Pelo menos nunca fez nada para ser chamada assim."

"Você gosta da sua mãe?"

"Tenho medo dela. Quando cozinhava, mamãe jogava pequenas porções no chão, dizendo que eram para as almas. Ela dormia com uma faca bem afiada ao lado da cama, para que as almas não aparecessem de noite. Quando saía para seus intermináveis passeios solitários, voltava contando que tinha visto uma alma. Ela sabia distinguir as almas."

"E como era essa distinção?"

"As almas boas são azuladas e pálidas. As almas penadas têm um buraco escuro no lugar dos olhos e flutuam, nunca pisam no chão. As sofredoras têm uma claridade chamejante em torno dos pés. Se saem luzes dos olhos, é porque a alma é bendita. Se ela aparece em forma de caveira, é alma de advertimento moral. Alma avermelhada é um espírito vingador. Mas isso é coisa de gente ignorante, não?"

"Não. A boa literatura também fala de almas. Um destes livros é uma peça de Shakespeare, *Hamlet*, o príncipe dinamarquês, que vê o espectro de seu pai. Sua mãe tem o costume de falar sozinha?"

"Não. Ela fala com os animais, isso sim. Cachorros, galinhas, mulas. Ela sabe imitar com perfeição o relincho de um jumento. Às vezes entrava em nosso quarto, dormíamos as sete filhas num mesmo quarto, e zurrava como o jumento da casa vizinha, para nos acordar."

"Por que você acha que ela fazia isso?"

"Porque queria que acordássemos mais cedo e o jumento costumava zurrar apenas às seis da manhã."

"E por que vocês deviam acordar antes das seis?"

"Para a gente fazer barulho e acordar meu pai. Ele sempre chegava de madrugada e queria ficar na cama até tarde."

O doutor Gustavo dirigia a conversa, fazia perguntas difíceis de responder e me levou a descobrir coisas que eu nunca tinha percebido antes. Mostrou-me alguns livros de teatro, outros de romances, outros de psiquiatria, uma enciclopédia, um volume de poesias; seus livros eram separados por assunto e em ordem alfabética pelo sobrenome do autor, como numa biblioteca pública. Quando afinal lhe disse meu nome, com a explicação de sempre sobre minhas pernas finas e minha mania de pular, ele sorriu, tirou um livro da estante e leu para mim uma poesia.

"Tem olhos meigos, como um pequenino cervo que há pouco tempo mama, ao ser abandonado pela graciosa mãe no meio da floresta."

Pôs um disco num aparelho e enquanto conversávamos uma música suave tocava, baixinho. Minha barriga roncava às vezes e eu sentia uma terrível vergonha daquilo, mas ele parecia — ou fingia — não perceber. Quando entrou o mordomo para dizer que o jantar estava à mesa, eu já o chamava de Gustavo.

4

A refeição era feita numa outra sala. Sobre uma mesa, com cadeiras de espaldar alto, duas velas acesas brilhavam em castiçais. Havia pratos para apenas duas pessoas. Um garçom esperava. Gustavo puxou uma cadeira e me fez sentar perto dele, que ficou à cabeceira.

"Você gosta de bife com batatas fritas?", perguntou Gustavo.

"Adoro."

"Foi o que imaginei, e mandei prepararem para você. Bem passado."

"Obrigada."

Ele sorriu. Ficamos em silêncio, enquanto o garçom servia vinho na taça de Gustavo.

"Você prefere um refresco, um refrigerante?", ele me perguntou.

"Gosto de vinho. O Professor me dava vinho para beber, mas só um cálice. Dizia que eu tinha que tomar cuidado, pois meu pai era alcoólatra e por este motivo eu corria o risco de também ser."

Ele sorriu, provou o vinho, fez um aceno afirmativo com a cabeça e só então o garçom completou a taça dele, depois de encher a minha.

"Sua... sua esposa não vai jantar?"

"Ela está viajando. Nunca passa o carnaval no Rio. Você está pensando, então, como foi que eu disse que ela conseguiu um dentista para você, não é? Ela resolve tudo por telefone."

"Ah."

Comi o bife com batatas fritas, procurando não demonstrar minha fome, mas acabei de comer antes de ele chegar à metade da sua posta de peixe com molho. A comida já vinha num prato, enfeitada por rosas vermelhas feitas de casca de tomate. Depois fomos servidos de uma salada, mas a minha também era diferente: um monte redondo cercado de folhas tiradas do coração do pé de alface, bastante batata e maionese, como eu gostava. A dele era só de verduras e havia no meio uma grande flor da qual ele puxava as pétalas e mordia a ponta após mergulhá-la num molho. Em seguida o garçom colocou no suporte redondo de prata, onde ele sempre colocava os pratos, uma torta de chocolate com creme chantilly. Gustavo comeu frutas, que escolheu de uma fruteira onde havia algumas que eu conhecia e outras que nunca tinha visto. Ele me ofereceu um sapoti e acabei aceitando por delicadeza. Por final vieram queijos numa bandeja, café, licores. Mas eu não quis mais nada. Pensei, envergonhada, que deveria ter escondido no bolso alguma coisa para comer mais tarde.

Jantamos conversando pouco. Ele falou mais do que eu, me observando todavia, sorrindo sempre. Ele não parecia se importar com o que dizia, mas com o efeito que suas palavras causavam em mim. Seu rosto à luz de velas me pareceu bonito, sim, ele era bonito, apesar do nariz um pouco longo, bicudo, e da perna manca; uma beleza calma. Gustavo já sabia muitas coisas a meu respeito, e embora tivesse me falado bastante, eu não sabia nada sobre ele, a não ser que sua esposa viajava no carnaval e resolvia tudo por telefone; e sabia algumas coisas que tinha observado em seu comportamento, em sua casa.

"Vou mandar o carro levá-la", ele disse, quando terminava o licor, na beira da piscina.

"Obrigada. Não é preciso." Eu não tinha para onde ir.

"Você... você tem para onde ir, Bambi? Desculpe-me perguntar."

"Tive que sair da mansarda, a proprietária precisou alugar para um... Mas não se preocupe, você já me ajudou mais do que mereço."

"Se quiser, pode ficar num apartamento meu, aqui perto. Não se incomoda?"

"Eh..."

"É um lugar onde às vezes eu ia, para me esconder. Está meio vazio, de móveis, quero dizer, mas lá mora uma senhora chamada dona Mercedes, muito boa pessoa, minha velha amiga, foi nossa empregada durante anos, agora está idosa e mora nesse apartamento, apenas para cuidar das plantas e mantê-lo limpo. Você pode ficar lá até encontrar um lugar, dona Mercedes vai apreciar sua companhia. Ela cozinha muito bem e terá um imenso prazer em ver alguém comendo seus pratos."

Aceitei a oferta de Gustavo. Ele me levou até o carro, no jardim. As flores soltavam um perfume doce. O céu estava cinzento, com nuvens baixas clareadas pelas luzes da cidade.

Vi-o acenando da porta, depois mancando para dentro da casa.

5

O edifício, atrás de um pequeno e bem cuidado vergel, tinha números dourados e uma portaria de ferro batido com volutas. Era de apenas três andares, fachada revestida de tijolos, janelas em torno de jardins-de-inverno arredondados. Um prédio antigo e modesto.

Dona Mercedes, uma senhora de pequena estatura, testa curta, pele enrugada, após arrumar os cabelos em torno da cabeça recebeu-me com um sorriso. Levou-me por um longo corredor que dava numa sala dividida em três ambientes. No primeiro havia uma mesa, cadeiras; num canto, um móvel servia de bar, com tampo em mármore cinza, garrafas e uma bandeja encostada à parede. No segundo ambiente ficavam um sofá e duas poltronas, uma mesa de centro com um cinzeiro. Um apartamento quase impessoal.

Mas o que vi ao fundo, numa espécie de jardim-de-inverno, me surpreendeu: um pequeno palco com um espelho, um refletor, uma arara com roupas de figurinos teatrais, algumas brilhantes; sapatos, chapéus, adereços variados como um nariz postiço, cabeleiras, sapatilhas de bailarina.

"Meu Deus, parece a casa de uma atriz", eu disse. "Morava alguma atriz aqui?"

"Nunca morou ninguém nesta casa... Eh... Só eu", disse dona Mercedes.

Ela pediu ao motorista notícias de "meu filho", que era como chamava Gustavo; contou histórias engraçadas do lugar onde morava, uma favela num subúrbio, falou um pouco de política e foi levar o motorista até a cozinha para tomar um café. Depois entrou na sala trazendo uma bandeja com bule, biscoitos amanteigados, rodas de chocolate, bolo de nozes. Eu estava olhando as roupas teatrais, bastante variadas. Ela colocou as coisas da bandeja sobre a mesa e me fez sentar para comer.

"Posso fazer uma pergunta?", eu disse, enquanto ela servia chá na minha xícara.

"Pode, minha filha."

"A perna dele... o que foi, por que ele está mancando de uma perna?"

"Um acidente, coitado, de carro, ele gostava de carros de corrida."

"Faz muito tempo?"

"Uns dez anos."

"Ele perdeu a perna?"

"Mas depois do acidente nunca mais entrou num carro de corrida. Coma um biscoitinho, está uma delícia."

Quando terminei, ela me levou ao quarto, abriu o armário onde eu poderia guardar minhas roupas, mostrou onde estavam as toalhas de banho, as chinelas, o roupão e foi deitar-se. Só então percebi, envergonhada, que tinha esquecido minha sacola na casa de Gustavo, assim como os livros que ele me emprestara. Tomei um banho demorado e, quando saí, minha sacola e os livros estavam sobre a cama. Eu tinha mesmo ouvido a campainha e vozes na sala.

Achei intrigante que, no armário embutido do quarto onde eu iria dormir, houvesse roupas femininas, sapatos, camisolas, tudo de um tamanho parecido com o meu; e na penteadeira alguns produtos de toucador e vidros de perfume. Como se outra moça magra tivesse morado ali; ou como se Gustavo soubesse que um dia eu viria.

6

Duas horas da tarde, em ponto, entrei no teatro. Atores muito jovens — alguns ainda crianças — e um anão movimentavam-se no palco ensaiando uma cena. Sentados na primeira fila da platéia estavam três homens. Uma mulher, de costas para o palco, com uma prancheta na mão, falava ao ouvido de um deles, o de cabelos avermelhados e fartos. Este se virou para trás, fez sinal para que eu me aproximasse mas não me olhou por mais do que um breve instante.

"Você é a menina que o Gustavo mandou?"

"Sim."

"Eu sou o Petrovski. Sente-se aí, daqui a pouco falo com você." Tinha o rosto muito branco e coberto de sardas, óculos redondos, lábios finos da cor de tijolos.

Sentei-me na fila de trás, algumas cadeiras mais à esquerda, de onde podia ver o perfil dele.

"Não! Nada disso!", gritou Petrovski para um dos atores. "Não foi isso que eu falei! As crianças não são débeis mentais, por que você está falando assim? Crianças entendem mais do que adultos!"; e o mandou repetir a fala.

Era uma pessoa agitada; levantava-se, abria os braços como um maestro de orquestra sinfônica, falava ao ouvido do rapaz ao seu lado. Depois de terminada a cena, mandou os atores descansarem um pouco; alguns se deitaram nos cantos do palco, extenuados, outros vieram acomodar-se na platéia. O centro do palco ficou vazio, com uma poeira flutuando nos raios de luz. Um pavor tomou conta de mim. Tive vontade de ir embora.

Petrovski olhou para o lado. "Onde está a menina?"

A moça da prancheta fez sinal para que eu me aproximasse.

"Dani, você está dispensada por hoje", ele disse a uma jovem bonita, que durante o ensaio ficava sentada numa cadeira, bem no meio do palco. "Depois eu ligo para você."

A mocinha me olhou com raiva, soltou seu braço da mão do rapaz que a segurava e saiu, com o queixo para o alto, dando saltos. Alguns atores olharam para mim com hostilidade.

"Vamos lá, menina, suba no palco... Bambi, não é assim que você se chama?"

Subi uma escada lateral e tropecei num degrau. Ouvi risadas e uma voz dizendo uma frase da qual compreendi, ou pensei ter compreendido, apenas uma palavra: "putinha".

Parei no meio do palco. Dali vi os rostos dos estranhos me olhando, o ruivo Petrovski ao lado de um rapaz musculoso que lembrava um trapezista de circo; na outra cadeira, o terceiro homem permanecia cabisbaixo, escrevendo sobre uma pasta de papelão.

"Linda! Linda! Veja como ela é linda no palco, como ela cresce e se ilumina, minha filha você pode ser a maior atriz do Brasil, se quiser", Petrovski gritou para mim. Fiquei menos tensa.

"Mas ande direito, veja que postura horrível! Vamos, caminhe da esquerda para a direita. Não! Porra, ela nem sabe o que é direita e esquerda de palco!"

Eu sabia o que era esquerda e direita de um palco, mas estava nervosa. Petrovski mandou que eu sorrisse, depois demonstrasse tristeza, em seguida raiva, ódio, rancor, melancolia, que fizesse ar irônico.

"Stanislavskiana, vejam, ela tem uma certa introspecção stanislavskiana", disse Petrovski.

Mandou que eu executasse um gesto no nível superior, um no médio e finalmente um no inferior; isso eu não sabia o que era e depois de um longo silêncio em que fiquei imóvel ouvi, humilhada, a explicação.

No nível superior, fiz uma banana para o pequeno público que me assistia, mais direcionada aos atores do que aos diretores; no médio, fingi que estava sentada num vaso, com prisão de ventre; no inferior, deitei-me no chão como se estivesse parindo uma criança, aos gritos. Eles riram de minhas idéias, Petrovski disse que eu "levava mesmo jeito", perguntou minha idade e passou a me tratar com um pouco mais de cordialidade. Mandou-me descer do palco e me deu uma folha de papel com um texto datilografado.

"Você é capaz de decorar isso até amanhã?"

Olhei a folha, eram apenas três falas, duas de uma linha e uma de duas linhas.

"Sim."

"Então amanhã mesmo você pode começar os ensaios. Ao meio-dia e meia começamos, não suporto atrasos, ouviu?" E virou-se para a moça da prancheta. "Telefone para a Dani e diga que ela não vai mais fazer o papel de Princesa, que eu vou ver se arranjo alguma coisa para ela. Ah, não esqueçam todos", e virou-se para os atores, "amanhã vai ser ensaio com figurino, vem um fotógrafo fazer as fotos para o programa." Bateu palmas e as pessoas se dispersaram. Petrovski saiu pelos bastidores, gesticulando, acompanhado pelo trapezista.

O terceiro homem que assistia aos ensaios apresentou-se como administrador da peça e fez sinal para que eu o seguisse. Era um homem de pequena estatura, calvo, de suíças brancas e fartas; usava anéis nos dedos.

No foyer do teatro, o administrador abriu uma porta e me mandou entrar. Era um escritório, com birô, máquina de escrever, um copo de luz pendurado por um fio empoeirado, nenhuma janela e um cheiro de papel velho.

"Sente-se", ele mostrou uma cadeira e sentou-se atrás do

birô. Abriu uma gaveta, tirou um papel, disse-me que era o contrato, mostrou-me onde deveria assinar, falou que se quisesse eu poderia levar para ler em casa e trazer assinado no dia seguinte. Explicou a forma de pagamento, a quantia, minhas obrigações e deveres, meus direitos.

"Você já teve prisão de ventre?", perguntou o administrador.

"No quintal da minha casa tinha uma goiabeira."

Ele refletiu alguns instantes.

"O que você achou do Petrovski?"

"Ele deve ser um bom diretor, dizem que os bons diretores gritam com os atores. Mas o senhor é mais simpático."

"Porque sou feio, preciso conquistar as pessoas de uma maneira qualquer. Petrovski gostou de você, ele não costuma elogiar ninguém. O que ele disse é verdade."

"Eu... a moça, a Dani, eu fiquei no lugar dela, os atores da peça nunca vão gostar de mim."

"Não se preocupe em agradar, pense apenas no teatro, na sua atuação num palco, você sabe o que é o teatro, Bambi? Sabe para que serve o teatro?"

Hesitei antes de responder. "Para fazer as pessoas sonharem?"

"Ele é um espelho, apenas isso, um espelho para a natureza, como disse um amigo nosso. Para mostrar à virtude suas próprias feições, ao desprezo mostrar sua imagem e mostrar ao tempo sua verdadeira forma e premência. Mas não pense muito nisso, pense na sua carreira. Você é uma menina pura, posso ver em seus olhos que você é uma menina ainda pura, mas isso vai passar, é preciso perder a pureza. O conhecimento do mundo fará você infeliz. A observação é o mais cruel de todos os dons. Todavia observe, Bambi. Estude. Faça cursos para melhorar sua voz, sua musculatura, sua técnica de representação. Assista a todas as peças em cartaz; leia todos os livros sobre teatro. Veja como os outros desempenham seus papéis. Quando estiver no palco, seja uma fonte de luz e sonho; mesmo durante a fala dos outros personagens, reaja, não fique apenas esperando que terminem para você falar, faça expressões tão intrigantes que os espectadores fiquem hipnotizados como galinhas. Preste atenção ao público, nunca o esqueça, mesmo que você não esteja com os olhos na direção da platéia olhe interiormente para o público, relacione-se com ele, sinta o que a massa de gente estará emitindo, capture-a para você, Bambi, apodere-se da mente das pessoas, lembre-se sempre de que apenas um bando de seres desprezíveis estará na sua frente, não tema a multidão, ela é doce, submissa, disforme. Ponha-se sempre num ângulo favorável, nunca se descuide de seus dedos, de suas mãos, da posição de cada parte de seu corpo, esteja sempre consciente de você mesma. Se for convidada a participar de uma peça, faça-o por qualquer preço, aceite qualquer condição, qualquer papel, mesmo que se sinta humilhada. E prepare-se para ser hostilizada pelos outros atores, alguns deles vão fazer caretas para você rir numa cena trágica, vão espirrar para quebrar sua concentração num momento difícil, vão dizer cacos difíceis de responder. Prepare-se, Bambi. Um dia você terá oportunidade de devolver tudo que lhe fizeram, um dia você será poderosa e então escolherá seus papéis, produzirá a si mesma e montará sua companhia. Mas não pense que é fácil. Você tem que ser especial. Você nunca vai ser espetacular como Sarah Bernhardt, nem sutil e analítica como Eleonora Duse, para falar de apenas dois monstros sagrados, mas deve tentar. Por que não? Seja ambiciosa. Você nem mesmo sabe de quem estou falando, não é mesmo?, ainda é uma menina de cabeça limpa e olhar transparente como o das camponesas; posso ler em seus olhos tudo que você está sentindo. Bambi, arg, que nome! Já pensou em quando você tiver quarenta anos? Vai ter que mudar de nome. Mas, enfim, nem todo mundo chega aos quarenta. Bambi, ha.''

Ouvi aquelas palavras em silêncio, e carreguei-as comigo durante muitas horas seguidas. Mesmo em casa, jantando uma sopa de feijão que dona Mercedes preparou para mim — eu tinha dito que gostava de tomar sopa de noite —, enquanto separava do caldo preto as tirinhas de macarrão, com a ponta da colher, pensava nas palavras do administrador. Dona Mercedes perguntou se a sopa não me agradava, mas eu lhe disse que estava sem fome.

Deitei-me na rede da varanda a decorar o texto de minha personagem Princesa. Eu estava ao mesmo tempo feliz e angustiada, tinha conseguido um trabalho, mas não fora por meu próprio esforço e sim por causa de um pedido de Gustavo, e eu havia tomado o lugar de outra moça que talvez precisasse tanto quanto eu do trabalho. Porém eu não tinha escolha. As palavras do administrador voltavam à minha cabeça, as sobrancelhas de fios compridos dele, seus dentes amarelos, os olhos afundados.

Pedi a dona Mercedes que se sentasse comigo na rede a fim de me tomar o texto, quando o telefone tocou.

"Para a senhora", dona Mercedes voltou, trazendo o telefone. "É o doutor Gustavo."

Ele pediu desculpas por estar ligando tão tarde, eu lhe disse que costumava ficar acordada de noite, que tinha conseguido o trabalho na peça, agradeci-lhe muito a ajuda e falei que estava decorando o texto.

"Gostaria de lhe fazer uma visita, se não fosse incomodá-la."

"Não, não incomoda. Pode vir."

7

Fui tomar um banho e ao voltar para a sala encontrei Gustavo entrando pelo corredor, falando com dona Mercedes, com o braço sobre o ombro dela.

"Ela é como se fosse minha mãe", disse, beijando a testa dela, após se curvar. "Ela me criou, e criou meus filhos do primeiro casamento. Está com minha família desde que eu era uma criança."

"E que criança!", ela disse. "Me deu um trabalhão danado. Quer aquele cafezinho especial?"

"Sim."

Ela foi para a cozinha. Voltou em seguida com uma bandeja de guloseimas e um bule.

"Deixe-me ver esses pés", ele disse, fazendo-a colocar alternadamente os pés sobre a cadeira.

Gustavo examinou os pés de dona Mercedes, marcados pelas sandálias de borracha que ela sempre usava; esbranquiçados, dedos com unhas deformadas, espessas, duras, crescendo para cima e para os lados. A pele das pernas era escamada e, como a de minha mãe, desenhada de varizes.

Gustavo tirou um maço de notas do bolso e estendeu para dona Mercedes. "A senhora precisa tratar desses pés."

"Não, não posso aceitar", ela disse.

"É só um empréstimo, depois a senhora me paga."

Ela pegou o dinheiro, um pouco envergonhada, e o meteu no bolso do avental.

Ele escreveu alguma coisa num papel. "A senhora vai nesse endereço aqui e manda fazerem um tratamento nas suas unhas. É rápido, não dói e cura num instante esse problema que a senhora tem. A senhora compra numa farmácia esse remédio aqui", Gustavo escreveu o nome no papel, "e o usa duas vezes por dia." Explicou a maneira de aplicar a pomada. "Na mesma farmácia, a senhora compra um tubo de creme", ele escreveu o nome, "e usa-o nas pernas, depois do banho, todos os dias. Mais tarde vamos ver essas varizes. Está prometido?"

Ela sorriu. Meteu-se na cozinha, fechou a porta e não apareceu mais naquela noite. Dona Mercedes tinha uma intuição perfeita sobre os momentos em que devia aparecer ou desaparecer.

"Você fica bem com os cabelos molhados", ele me disse. "Conte-me como foi o teste."

Fiz um relato minucioso.

"Já sabe as falas de cor?"

"Eu estava decorando."

Gustavo me tomou o texto, pediu que eu representasse a Princesa e fez alguns comentários sobre meus gestos, sugeriu-me abrir mais os ombros, erguer o queixo, dar uma entonação mais delicada, ou mais forte.

"Poucas coisas a corrigir", ele disse, "você tem o porte de uma princesa de verdade, não precisa se preocupar."

"Eu... nunca pensei que tivesse a sorte de encontrar uma pessoa como você."

"Ajudar alguém me dá prazer. Sabe, sua chegada me pareceu um presente da vida. Naquele dia, na Colombo, mesmo antes de você falar comigo eu tinha olhado para você e pensado em como seu perfil parecia o de Nefertiti."

"Falei tantas bobagens, fiquei achando depois que você pensou que eu era uma idiota."

"Pensei em você, mas não exatamente isto."

"Quer mais café?"

"Sim, obrigado. Não acredito em magia, mas há coisas que acontecem em nossas vidas que têm origens e significados misteriosos. Depois daquele dia na confeitaria, fiquei pensando em você, muitas noites, tantas e tanto que minha mulher, minha casa, meu trabalho, tudo me pareceu um pouco irreal. Mas depois me esqueci de você, ou melhor, guardei você dentro de um compartimento qualquer da minha cabeça onde eu não tinha acesso. Passei alguns dias muito difíceis e... enfim, quando você ligou para mim eu estava um pouco confuso porque alguns minutos antes minha mulher havia me telefonado e dito que queria se divorciar de mim."

"Ah, sinto muito."

"Disse-lhe que essas coisas não se resolvem por telefone e desliguei, depois de pedir-lhe que voltasse para casa. Quando o telefone tocou novamente eu estava pensando: que bom seria se eu me apaixonasse mais uma vez, como um último presente da vida."

Senti-me pesada com as revelações de Gustavo.

"Estou enchendo você de tristeza, não é? Vamos agora falar de coisas mais alegres", ele disse.

"Falar de paixão é alegre, acho que você ainda vai se apaixonar muitas vezes."

"Vamos falar de você, de seu futuro, de seus sonhos. O que você deseja para sua vida?"

"Não sei. Talvez... " Notei que as mãos dele tremiam levemente. "Gosto de liberdade", eu disse. "Gosto de ter um trabalho em teatro, uma casa e um namorado. Acho que se tiver apenas isso, serei feliz."

"Apenas isso... Isso talvez seja tudo, Bambi."

Eu sentia muito medo de que ele pegasse minha mão, como o seu Fred no restaurante, e me propusesse irmos para o quarto. Mas conversamos ainda umas duas horas, sem que ele tentasse nada nesse sentido. Falei-lhe sobre a gata Ofélia, sobre a vida que levava na mansarda, sem todavia revelar o desentendimento com seu Fred. Contei-lhe a conversa com o administrador, ele disse que eu não me impressionasse com as pessoas que iria conhecer na cidade grande, que devia ouvi-las com um sentimento crítico e compreender as razões de cada um para agir de tal ou qual maneira; que eu devia sempre seguir minha própria intuição, meus próprios raciocínios e nunca me guiar pelos outros. Ninguém poderia saber, mais do que eu mesma, o que era melhor para mim. Quanto a meus sentimentos de culpa por ter tomado o lugar da outra moça, ele disse que não havia culpa, e se houvesse não seria minha, que Petrovski era muito exigente e perfeccionista, jamais teria me dado o papel se eu não fosse melhor do que a outra moça, e que eu nunca me sentisse culpada por ter melhores atributos físicos ou espirituais do que outras pessoas, que certamente elas tinham outras qualidades que eu não possuía. Leu o contrato que o administrador me dera para assinar e disse que parecia estar tudo bem, considerou o pagamento uma ninharia, mas que eu deveria aceitar com a modéstia de quem está começando, e precisando de trabalho. Mas que eu não tivesse medo daquele contrato, ele pouco valia, as causas jurídicas de pequena monta nunca iam parar nos tribunais, sempre se podia fazer um acordo qualquer se eu resolvesse quebrar uma de minhas obrigações.

Assinei o contrato com a caneta dele, uma caneta dourada que estava sempre em seu bolso. A mesma, talvez, que ele usara na confeitaria para escrever seu nome no guardanapo.

"Quem é Eleonora Duse?", perguntei, a um certo momento, talvez por ter sido levada, pela imagem da caneta, a lembrar-me de Apolônia Pinto. "É uma atriz, não é?"

"Sim."

"O administrador me disse que eu tinha que ser como ela, e também falou sobre outras atrizes que não conheço. Como é a Eleonora Duse?"

"Uma grande atriz italiana, muito poética. Tinha o rosto convulsivo dos grandes neuróticos. Olhos rápidos, faces que se ruborizavam ou empalideciam a qualquer provocação, narinas e lábios frementes. Todo seu corpo parecia movido por eletricidade.''

''Você a viu atuando?''

''Ah, não. Ela representou no Brasil, no Teatro Municipal, mas eu ainda não era nascido. Meu avô talvez a tenha visto.''

Ele me contou a história de Sarah Bernhardt, de deusas do teatro, as grandes divas, assim como de algumas atrizes esquecidas. Falou de Olga Navarro, uma brasileira nascida em Veneza que protagonizara nos anos 30 peças polêmicas como uma chamada *Desejo*; da irrealizada Natália Aragão; dos sofrimentos da profissão de atriz. Falou sobre uma atriz que, durante uma cena de desespero, como um demônio do virtuosismo técnico, fazia caretas de costas para o público, a fim de divertir os que a assistiam dos bastidores; sobre outra que chegava a verter lágrimas verdadeiras num palco; ou uma terceira, que diziam ser capaz da contraposição de ambos os comportamentos numa mesma cena. Falou ainda sobre atrizes de quem eu nunca ouvira o nome. Tentei imaginar por que motivo aquele homem, um psiquiatra, podia discorrer de maneira tão emocionada e exuberante a respeito de atrizes de teatro, mas não me lembrei de perguntar-lhe, tal era o fascínio com que o ouvia. Pedi-lhe que falasse sobre o significado das atrizes para os seres humanos.

''O papel delas na sociedade?, no mundo espiritual?, onírico?''

''Sim.''

''As pessoas gostam das atrizes — dos artistas, em geral — porque elas conseguem ser alguém que na verdade não são; assumem outras personalidades sem que isso seja traumático, psicológica ou socialmente, para elas. Você, Bambi, pode subir num palco e ser vista por todas as pessoas, e isto talvez seja um desejo secreto e irrealizado de mulheres e homens. O espectador se sente atraído pela atriz porque ela é capaz de assumir um papel que pode ser imoral, anti-social, repugnante, sem no entanto ser maculada ou afetada de qualquer forma por este desempenho. Ao contrário, a atriz conquista com isso a admiração e até mesmo o amor dos espectadores. Não sei por que as atrizes são necessárias, mas no mundo em que vivemos, um mundo em que os poetas são necessários, as atrizes dão forma — ou vida? — às palavras, idéias, sentimentos dos poetas. Também as atrizes permitem, muitas vezes, que você se encontre consigo mesmo pela primeira vez; olhando para elas em seu desnudamento físico, psíquico, moral, você igualmente se desnuda e se vê melhor, e se vendo melhor se entende melhor. Para não falar da definição clássica e do efeito catártico do drama e da tragédia — e por que não da comédia? — sobre o ser humano."

Num certo momento Gustavo pareceu lembrar-se de algo; olhou o relógio, despediu-se com um aperto de mão como se eu fosse um amigo a quem ele tivesse feito difíceis confidências, um pouco envergonhado. Ouvi seus passos no corredor, pontuados pelas batidas da bengala.

Percebi, naquele instante, que o medo de que ele segurasse minha mão fora, na verdade, um desejo.

8

Durante os ensaios, notei que um homem entrava no teatro e ficava em pé, no fundo da platéia. Permanecia ali algum tempo e ia embora sem falar com ninguém. Depois ele passou a sentar-se numa das cadeiras da última fila, na penumbra. Ou então aparecia subitamente na porta ao fundo, ficava ali alguns instantes me olhando, do escuro, a luz do hall em torno de sua silhueta. Em seguida desaparecia. Ele devia ter uns cinqüenta anos, como Gustavo. Eu apreciava a maneira como me olhava; embora não lhe visse bem o rosto, sentia seus olhos fixos em mim. Também gostava da forma como caminhava, do ritmo dele, de como apoiava as mãos no espaldar da poltrona, ou como cruzava os braços sobre o peito.

Perguntei a Petrovski quem era aquele homem.

"Não sei, não sei de nada, não me pergunte nada." E saiu, dizendo que não tinha tempo.

A moça da prancheta, que era a assistente de direção, aproximou-se de mim e me disse que o nome dele era Joachim. "Ele escreve peças de teatro."

"O que ele vem fazer aqui?"

"Não sei. Realmente não sei. Mas acho melhor você não se aproximar dele."

"Por quê?", perguntei, mas ela se afastou para falar com alguém.

Fiquei intrigada com aquilo, e ainda mais atraída pelo homem.

Petrovski pouco me dava atenção. Eu representava meu papel quase todo o tempo sentada num trono, como uma estátua, e apenas nos momentos de sonhos e devaneios do protagonista. A trama da peça era uma luta de pretendentes à mão da Princesa, que tinham de superar obstáculos como subir por uma corda e alcançar uma taça que ficava no alto, ou equilibrar uma lança em cima de outra lança, em seguida montar num cavalo alado até o alto de uma montanha — o cavalo era um adereço com imensas asas de plumas tangidas por um ventilador escondido na boca de cena; adivinhar enigmas que uma Medusa de cabelos de serpentes propunha; enganar uma raposa para atravessar um rio. Os pensamentos, sentimentos, desejos da Princesa eram narrados por um bobo da corte, um garotinho de fantástico talento histriônico, a quem chamavam de Caçarola. Os atores que faziam os pretendentes eram artistas de circo; as crianças viviam uma subtrama de ajuda ao herói, e tudo não passava de um sonho de um dos garotos, que na verdade amava uma garotinha que às vezes aparecia sentada no trono, em meu lugar. Eu achava aquilo tudo encantador, as roupas coloridas e voláteis, as músicas agradáveis; mas sentia-me apenas uma espectadora, imobilizada naquele trono. Eu queria falar, gritar, chorar, dançar, fazer qualquer coisa naquele palco.

Os atores que contracenavam comigo, e os outros, continuaram me hostilizando, ou me ignorando, com exceção de um rapaz magrinho de óculos, que me olhava com muita compaixão como se aquele trono onde eu me sentava fosse uma jaula e eu estivesse acorrentada, que era como eu me sentia. O olhar dele me incomodava, pois me fazia pensar que eu não estava atuando bem no meu papel de Princesa, ninguém teria pena de uma princesa, as princesas são — ou deveriam ser — altivas mesmo na desgraça.

9

No dia da estréia acordei com as mãos frias. Não toquei no café da manhã preparado por dona Mercedes e tive que ir correndo para o banheiro. Vomitei até sair uma água esbranquiçada. Meu rosto estava pálido, meus olhos pareciam os das almas penadas que minha mãe via em seus passeios.

Permaneci o dia inteiro deitada na cama, querendo que Gustavo me telefonasse, mas eu sabia que ele estava na clínica e nem mesmo ia poder assistir à estréia. Dona Mercedes me deu um chazinho de ervas — ela era especialista em medicina popular — para acalmar meus intestinos; arrumou minha roupa, muito bem passada a ferro, em cima da cama. Ajudou-me a me pentear, abotoou meu vestido nas costas e me levou até a porta, de onde ficou acenando até eu desaparecer na esquina.

O teatro estava entulhado de crianças que faziam um barulho contínuo. Fui olhar, pela fresta da cortina, a multidão que esperava; a vontade de vomitar retornou.

Deitei-me no camarim até a hora de me vestir. Pintei meu rosto, uma moça prendeu meus cabelos em duas tranças como asas de xícaras e pôs sobre minha cabeça a coroa enfeitada de pedras coloridas. Sentei-me em meu trono, arrumei a saia e esperei os panos se abrirem.

Quando a luz se acendeu sobre meu rosto, fiquei cega. Não conseguia me concentrar nas falas dos atores, meus intestinos se reviravam. O espetáculo se desenrolou, aproximava-se o momento de minha primeira fala. Rememorei-a diversas vezes. De repente percebi que o bobo da corte me olhava, esperando que eu falasse, era a minha vez, mas minha cabeça estava vazia, eu via dentro dela tudo branco, olhei as crianças na platéia, inquietas como abelhas numa colméia e não pude me lembrar da frase que deveria dizer; gotas de suor brotaram da minha testa. O tempo parou, não passava nunca aquele instante de terror. O bobo da corte deu uma gargalhada e se virou para a platéia, disse que a princesinha estava muda, mas que ele sabia o que ela estava pensando, disse a minha fala e assim me salvou da terrivelmente constrangedora situação. Quando as luzes se apagaram para a mudança de cena e saí correndo do palco a fim de que a menina se sentasse no trono em meu lugar, senti a mão de Petrovski apertando meu pulso, vi seu rosto vermelho furioso e sua boca rosnando.

Na minha segunda cena eu tinha outra fala e, no camarim, rememorei o texto. Dobrei o pedaço de papel com as frases datilografadas, enfiei-o na manga e voltei para o palco. Dessa vez consegui falar, embora sentisse que minha voz estava presa na garganta, minha boca seca. A terceira fala, um pouco mais longa, saiu entrecortada de pausas inúteis e de palavras amontoadas. Por que crianças me aterrorizavam a ponto de eu não conseguir falar? Senti um grande alívio quando as cortinas se fecharam.

Os atores no camarim faziam brincadeiras, conversavam, um pouco excitados, enquanto trocavam de roupa; nenhum deles me olhou com a hostilidade de antes, pelo contrário, alguns até sorriram para mim. O rapazinho de óculos ficou me observando, imóvel, com a mesma compaixão de sempre. Corri para fora do teatro antes que mais gente chegasse aos bastidores.

10

Joguei-me na cama e chorei, soluçando. Dona Mercedes ligou para Gustavo e, uma hora mais tarde, quando eu já me sentia mais calma por causa de um copo de água com açúcar que bebera, ele chegou.

Havia muitos dias que não nos encontrávamos, Gustavo estava sempre trabalhando; apenas dava um ou outro telefonema para saber se tudo ia bem comigo, falando em voz baixa como se temesse que alguém estivesse ouvindo sua conversa e desligava rapidamente. Eu nunca telefonava para a casa dele.

Naquela noite, depois da estréia, ele passou algumas horas comigo, acariciou meus cabelos, como um pai, disse-me que eu estava me precipitando, que não tinha fracassado, que esquecer-se do texto na primeira apresentação era algo que acontecia a quase todos os atores, mesmo os atores mais tarimbados às vezes passavam por esta experiência, que eu não devia dar importância ao que tinha acontecido, que Petrovski não iria me despedir nem me chamar de idiota, que havia métodos de memorização e ele podia me ensinar, mas que eu tinha esquecido a fala apenas por estar nervosa, que minha cabeça, não, não era de forma nenhuma uma máquina sem parafuso.

Enquanto eu tomava um caldo de legumes com quadradinhos de pão, as lágrimas caindo dentro da sopa e formando bolhas transparentes, ele ficou sentado na poltrona, acariciando a barba, com os olhos fixos na bengala.

"O que é? Deixei você triste?", perguntei.

Ele demorou a responder, depois falou, com a cabeça baixa: "Minha mulher tem um amante".

As lágrimas pararam de escorrer dos meus olhos. Não sabia o que dizer e fiquei observando-o em silêncio.

Ele levantou o rosto e vi nele uma expressão diferente, como se fosse outro homem. Larguei a colher e me ajoelhei diante da poltrona, segurei os joelhos dele, tentei sorrir, peguei sua mão e a beijei.

Gustavo tirou a mão como se a tivesse queimado numa brasa, esfregou a outra mão no lugar onde eu beijara, levantou-se num impulso me afastando ligeiramente, para dar-lhe passagem. Fiquei assustada, achei que tinha feito alguma coisa errada, levantei-me também e o vi mancando pelo corredor, em direção à saída, mas ele parou diante da porta da cozinha, passou a tranca e voltou, parou perto de mim, tão perto que eu podia sentir a respiração ofegante dele. Seus braços rodearam meu corpo, me apertaram com força, a bengala caiu no chão fazendo um estalido.

"Você é virgem, Bambi?", ele perguntou ao meu ouvido.

"Já acabou de nascer."

"De nascer o quê?"

"Você sabe."

"O que você acha que é ser virgem?"

"É ainda não ter os pêlos."

Ele ficou imóvel um instante; depois se afastou. Pedi que me abraçasse com força. Ele beijou meu rosto, meu pescoço, minha boca, suas mãos tocaram a pele de meu corpo nas partes mais escondidas; desabotoou meu vestido e em alguns instantes eu estava nua. Deitou-me no chão, estendeu-se em cima de mim, vestido, e enquanto me possuía pensei na perna dele, se ele tinha a perna ou não.

11

De madrugada, quando despertei de algum sonho ruim do qual não conseguia me lembrar, percebi que estava sozinha na cama, coberta por um edredom, com a cabeça sobre dois travesseiros. A luz estava acesa, regulada no mínimo e naquela penumbra fiquei o resto da noite, com a sensação de ter ainda Gustavo dentro de mim, sentindo uma ardência na vagina, lembrando-me das crianças nas poltronas, no escuro, ameaçando-me como se fossem me atacar, vendo como relâmpagos a silhueta do público, os refletores. Levantei-me para beber água. No tapete da sala havia uma pequena mancha de sangue, que lavei com uma escova e sabão, recordando-me daquele dia na rodoviária.

Gustavo não voltou na noite seguinte, nem na outra, nem nas outras. Às vezes eu ouvia dona Mercedes ao telefone falando com ele, contando como eu estava, o que tinha comido, se dormira bem à noite, como estava indo meu trabalho, se eu tinha dado algum passeio na praia. O motorista dele vinha entregar caixotes de frutas, ou um envelope com dinheiro para as despesas da casa, ou presentes para mim, quase sempre roupas.

A peça infantil ficou em cartaz alguns meses. Embora o personagem da Princesa fosse frágil, de presença quase inexistente dentro do enredo da peça, eu me sentia tomada por ele. Descobria-me às vezes a erguer a cabeça e repuxar os ombros para baixo, criando uma espécie de gargantilha invisível, para assumir o ar de altivez da Princesa. E foi por causa deste personagem que modifiquei a maneira de atender a alguém chamando por meu nome; em vez de apenas girar a cabeça em direção à voz que tinha ouvido, eu mantinha a cabeça direcionada para a frente, arqueava uma das sobrancelhas e os olhos se moviam para atender ao chamado. Apenas depois deste gesto, lentamente minha cabeça girava no sentido do interlocutor. Dona Mercedes me olhava de maneira dissimulada, tentando compreender por que motivo eu às vezes parecia tão arrogante, empinada sobre meu pescoço. Quando percebeu do que se tratava, passou a divertir-se com minha brincadeira e mesmo pedia-me imitações e pantomimas de personagens que ela inventava na hora, ou que tinha visto na televisão.

Quando terminamos a temporada eu já fazia a Princesa com segurança, e me custou livrar-me um dia de seus ademanes. Uma foto minha saiu num jornal, com o nome da peça e o de Petrovski embaixo; recortei-a, meti-a num envelope e a mandei pelo correio para meu irmão Manuel, em São Luís.

Alguém me telefonou a fim de me convidar para fazer outra peça infantil, e disse que Petrovski tinha me indicado.

IV

1

Começamos os ensaios. Dessa vez meu papel era um pouco melhor, o de uma fada má que tinha uma chaminé na cabeça e transformava as águas limpas dos rios em água suja, o ar puro em ar fétido, as matas verdes em matas pretas.

A fada má tomou-me da mesma maneira que a Princesa. Desta vez, treinava diante do espelho um olhar vindo de debaixo das sobrancelhas contraídas, para dar uma expressão severa ao meu rosto. Tantas vezes treinei este olhar que ele se incorporou à minha maneira de ser. O queixo ficava dessa vez mais perto do pescoço, o que me dava um ar de dissimulação, falsidade, necessário ao personagem. Eu olhava de maneira oblíqua, contraindo de leve as pálpebras e os lábios.

O texto de meu personagem era longo e tive dificuldade para decorá-lo. O diretor da peça ensinou-me uma maneira de memorizar as falas. Construí dentro de minha cabeça um escritório que tinha todas as paredes cobertas por gavetas. Neste escritório havia uma porta em cada uma das quatro paredes, e detrás de cada porta havia outro escritório, também com quatro portas que davam em quatro escritórios e assim infinitamente. Acima de cada porta estava escrito *norte*, *sul*, *leste*, ou *oeste*. Cada gaveta tinha uma cor diferente e quando eu a abria soava uma campainha, ou um sino, ou um guiso, ou um grito.

Além disso, cada gaveta tinha uma letra ou um número, ou uma combinação de letras com números. Eu decorava a frase em forma de música, uma melodia que eu inventava, e a guardava na gaveta, de forma que fui enchendo as gavetas com as músicas e bastava abrir a gaveta um ao norte cor azul que tocava um sino, para me lembrar da fala um azul norte, que me levava à gaveta dois norte azul que tocava uma campainha e depois a terceira se abria e assim por diante, de maneira que fui enchendo as gavetas azuis até que, na terceira peça de teatro, também infantil, também depois de um telefonema de um sujeito que tinha ouvido falar a meu respeito através de Petrovski, comecei a encher as gavetas amarelas.

2

Numa noite, Gustavo reapareceu. Trazia uma caixa de sapato que pôs sobre a mesa; eu já sabia do que se tratava pois ouvia miados aflitos, mas mesmo assim fiquei surpresa quando ele a abriu e vi um filhote de gato, cinzento, peludo como um tufo de algodão, olhos verdes assustados. Nunca tinha visto um gato tão meigo.

"Você me falou na Ofélia, achei que gostaria de ter outro gato. Fui ao prédio das mansardas e procurei sua Ofélia, mas não consegui encontrá-la. Foi uma pena. Mas comprei este gato para você."

"Também vai se chamar Ofélia", eu disse, pulando com o gato no colo.

"Já tem outro nome, eu mesmo escolhi."

"Qual é?"

"Hamlet. É um macho."

Dona Mercedes foi para a cozinha com Hamlet a fim de dar-lhe leite; trancou a porta e nos deixou a sós.

Gustavo me levou para o quarto. Disse que eu tinha apenas catorze anos, beijando meu pescoço, sussurrou que estava apaixonado por mim e me amou mais uma vez, sem tirar a roupa. Dessa vez não fiquei pensando na perna dele, mas no fato de que estava insatisfeita com meu trabalho na terceira peça, onde fazia o papel de Branca de Neve.

3

Gustavo continuava morando com a mulher, mas ela passou a viajar com maior freqüência e ele tinha um pouco mais de tempo para ficar comigo. Ligava para mim diversas vezes por dia, da clínica, de casa, de um restaurante, da faculdade onde dava aulas e reafirmava seu amor por mim. Fazia sexo comigo, sempre vestido. Mostrou-me um retrato de Tamar. O rosto dela me impressionou.

Encontrei Tamar por acaso, uma vez. Eu estava sentada diante de um espelho enquanto um rapaz cortava meus cabelos. Sentia-me feia, com a franja separada em tufos presos com pinças de metal. Tamar surgiu, então, refletida no espelho.

Usava uma roupa esportiva de linho e exalava um perfume suave. Foi logo cercada pelos donos do salão de beleza, pelos empregados com bandeja de cafezinho e os últimos números das revistas de penteados. Desapareceu; em seguida voltou, usando um avental semelhante ao que tinham vestido em mim, mas com uma diferença: eu tirara minha roupa de baixo, os braços e as pernas estavam nus, os bicos dos seios apareciam levemente sombreados; Tamar tirara apenas o paletó e usava o avental sobre a blusa e a saia. Como se fosse dona daquele lugar, sentou-se numa cadeira do lado oposto, presenteando as pessoas com sorrisos amáveis, falando frases espirituosas, sempre cercada de gente que lhe dava atenção.

Quando molharam seus cabelos, Tamar perdeu um pouco da beleza e o sofrimento apareceu em seus olhos, que ficaram turvos. Não notou que alguém a observava. Senti pena dela, Tamar não sabia que estava sendo covardemente examinada pela mulher com quem o marido dela a traía. A situação de superioridade sempre me incomodou.

Mesmo assim, durante quase uma hora observei-a, mas não diretamente; olhei o reflexo do reflexo de Tamar, no jogo de espelhos. Vi pintarem suas unhas, lavarem e cortarem seus cabelos, passarem produtos para torná-los mais claros, secarem e pentearem as mechas. Tamar mantinha sua elegância, como se estivesse numa recepção. O único deslize que cometeu, durante todo aquele tempo, foi jogar um cigarro aceso no chão e apagá-lo com a ponta do pé, embora houvesse um cinzeiro bem na frente dela. Depois disso saiu, ainda mais bonita, enfiando gorjetas discretamente no bolso dos empregados.

Eu não tinha coragem de dar gorjetas, um pouco por timidez, um pouco por não saber quanto devia dar, um pouco por acreditar ser uma humilhação aos que as recebiam.

4

Passamos meu aniversário de quinze anos juntos. Gustavo me deu uma jóia de presente, uma pulseira de águas-marinhas presas por delicados fios de ouro. Disse que sua mulher tinha ido morar num apart-hotel, que um advogado estava providenciando o divórcio e que eu confiasse nele, quando tudo acabasse ia se casar comigo. Não compreendia como Gustavo podia querer substituir uma mulher tão adequada, tão fina, por uma provinciana como eu. Não me sentia digna de tal sacrifício, nem à altura de um homem como ele.

Confiava em Gustavo. Mais do que isso, eu o amava. Eu devia muito a ele: meus dentes, o apartamento onde morava, meu trabalho como atriz de teatro infantil, a amizade de dona Mercedes, o gato Hamlet.

Quando nos encontrávamos ele me dizia "você é uma mistura de bondade, inteligência, doçura, honestidade"; "você é linda"; "você é a melhor pessoa do mundo". Achava graça em tudo que eu falava, e em meus gestos. Observava-me, estudava-me e me dava aulas sobre quem eu era, ou sobre quem eu deveria ser, e ele me tornava uma pessoa melhor.

Minha vida era bastante confortável. Eu não andava mais de ônibus, tinha dinheiro para tomar um táxi até o teatro, ou onde quer que fosse. Ao meio-dia, quando eu acordava, dona Mercedes me trazia na cama uma bandeja com o café da manhã. Eu tomava banho e esperava a professora de inglês e francês que Gustavo contratara para mim. Depois da aula fazia exercícios físicos.

Petrovski falara aos atores, uma vez, sobre a importância do movimento muscular no palco, o atletismo da afetividade. A teoria a este respeito era de que havia estreitas ligações entre emoção e movimento muscular. O sentimento não era uma coisa abstrata e sua forma específica seria revelada pelo corpo. A emoção podia ser atingida a partir da movimentação corpórea. Eu fazia exercícios respiratórios, para penetrar no sentimento. Preocupava-me com ação exterior e ação interior, que lera num livro. O desempenho de um ator consistia em ações internas e externas, e uma pressupunha a existência da outra. Eu tentava representar, no palco do apartamento, o mesmo personagem sob os dois pontos de partida: de dentro para fora, ou vice-versa. Sempre preferia a construção do personagem a partir dos monólogos interiores, a partir do pensamento para o movimento. Tentava compreender a orientação temporal de um drama, o que tinha vindo antes, mesmo que não estivesse escrito, e o que viria depois. Imaginava o personagem desde seu nascimento, inventava uma biografia para ele a fim de formar um encadeamento. Criava falas interiores, apenas para eu pensar enquanto se desenrolava a ação. Um dia eu iria precisar de tudo isto. Entre sexta-feira e domingo, ao entardecer eu tomava banho, ia para o teatro, representava meu papel para as crianças e voltava para casa.

Gustavo chegava às vezes tarde da noite. Jantávamos na cozinha, conversando com dona Mercedes e tomando vinho. Depois íamos para o quarto, ele copulava comigo, me dava banho, esfregava com uma esponja macia as minhas costas. Na cama, lia para mim passagens de livros que gostava. Pedia-me para ficar em pé sobre a cama e beijava meus pés. Olhava-me, até que eu adormecesse.

Para me exercitar e desenvolver minha mente, mostrava-me algo e me pedia que descrevesse o que estava vendo.

"Descreva essa mulher para mim, os olhos dela, o formato do nariz e do queixo, a maneira de arrumar o coque, as roupas que usa, como ela se move, quais suas origens, qual sua profissão, ela é feliz?" "Como são as pinceladas desta pintura? Há traços definindo a silhueta? Que flores são estas no jardinzinho?" "O que você acha que o músico estava sentindo quando compôs esta melodia?"

Um dia surpreendeu-me com uma pergunta a respeito de dona Mercedes. Poderia eu descrevê-la? Que espécie de pessoa ela era? Eu já tinha visto uma imitação que dona Mercedes fazia da cantora Clementina de Jesus, e a observara em momentos seus de descontração, ou de absorção numa tarefa; morava com ela, mas fui incapaz de descrevê-la como ser humano. Todos os comentários que eu fazia eram rebatidos por Gustavo como sendo notas da empregada, não da mulher, e do físico, não do psicológico. Prometi-lhe, e a mim mesma, que iria observar melhor dona Mercedes. Eu também devia a Gustavo minha capacidade de analisar minhas intuições, ainda que pequena.

"Não basta ver. Você tem que saber o que está vendo."

Ele fez um árduo trabalho para meu aperfeiçoamento, corrigia-me, chamava sempre a minha atenção para detalhes e me ensinava a pensar. Quando tinha tempo, levava-me para ver exposições em museus, ou filmes de arte, ou peças de teatro clássico; para ouvir concertos de orquestras ou óperas. Trazia livros de presente para mim, alguns de quinhentas, de mil páginas. Depois me fazia perguntas e eu mal sabia o que dizer, embora compreendesse todas as coisas e me lembrasse, por causa do meu sistema de gavetas, de detalhes um tanto inúteis. Mas tudo tinha alguma utilidade, e Gustavo se dobrava de rir quando eu recitava para ele, falando como um papagaio, que Freud tinha nascido às seis e meia da tarde do dia seis de maio de mil oitocentos e cinqüenta e seis na casa número cento e dezessete da Schlossergasse na Morávia e morreu no dia vinte e três de setembro de mil novecentos e trinta e nove na casa número vinte em Maresfield Gardens, em Londres.

Muitas coisas ficavam em minha mente, depois que eu lia aqueles livros; antes de dormir, entregava-me a lembranças do sonho dos lobos silenciosos, ou de que Freud hipnotizava as pessoas, era ciumento e cheirava cocaína, da teoria do amigo dele, Fliess, sobre o nariz que sangrava como uma vagina e tinha forma de pênis, da injeção na garganta; de que Joyce bebia até cair, cantava com uma linda voz, não tinha cadeiras em sua sala e as visitas sentavam no chão e uma carroça levara tudo que havia na casa de seu pai, e tantas outras coisas interessantes. Picasso tinha catorze nomes, que decorei; aprendia quinze palavras por dia, em inglês e francês; e muitas mais, em português. Gostava de ler livros de ficção: poesias, dramas, romances, contos. Até de fotonovelas e de novelas de televisão eu gostava, mas Gustavo me criticava e não queria que eu perdesse tempo com coisas fúteis. Eu sabia de cor muitos trechos de livros, falas de personagens, peças inteiras. Minhas gavetas de memória foram se enchendo e tive que passar para a segunda porta do lado norte.

Na feira ou para minha empregada ou para o balconista de uma farmácia ou para Gustavo eu repetia a fala de um personagem. "Meu coração se partirá em cem mil pedaços antes que eu comece a chorar", "Você vira meus olhos para minha própria alma", "Ah espírito infeliz", coisas assim. Gostava de representar fora do palco. Divertia-me fingindo que era outra pessoa. O mundo parecia maior, mais luminoso e eu via a mim mesma ficando para trás, me transformando, mas às vezes sentia a mesma melancolia de quando passei diante do banco da praça, sentada no banco de veludo do carro.

As peças infantis me enchiam de tédio.

5

Numa tarde, o telefone tocou e atendi, pensando que era Gustavo, somente ele me ligava. Mas ouvi a voz de um estranho, uma voz que me fazia lembrar alguma coisa abstrata, um sentimento.

"Meu nome é Joachim", ele disse.

Meu coração pulou dentro do peito.

"Gostaria de tê-la trabalhando numa peça que escrevi."

"O senhor assistia aos ensaios?"

Ele ficou um instante calado. "Sim. Estava em busca de uma atriz. Espero você amanhã às duas da tarde neste endereço. É um teatro."

E me deu o nome de uma rua em Copacabana.

"O nome da peça é *Bambi*. Espero que você não se aborreça com isso. Até amanhã."

De noite esperei que Gustavo aparecesse, ou pelo menos me telefonasse, precisava contar para ele a notícia do convite, mas ele não veio me ver e nem ligou.

Por volta da meia-noite, cansada de esperar, decidi telefonar para a casa dele. O mordomo atendeu e, embaraçado, disse que ia ver se ele ainda estava acordado. Gustavo atendeu ao telefone em voz baixa, da mesma maneira como falava quando Tamar morava com ele.

Contei-lhe sobre o convite de Joachim. Ele disse que de manhã viria conversar comigo e desligou o telefone.

6

Eu estava dormindo quando Gustavo entrou no quarto, trazendo a bandeja com o café da manhã. Tinha o semblante preocupado.

"Estou com pressa, desculpe-me", ele disse. "Preciso ir para a clínica. Passei aqui apenas para falar rapidamente com você."

"A Tamar estava na sua casa, ontem?"

"Estava."

"À meia-noite? O que ela fazia lá, tão tarde?"

"Estávamos conversando."

"Você fez amor com a Tamar?"

"Por favor, Bambi, não vamos falar sobre isso."

Esmurrei-o no peito, diversas vezes, chamei-o de mentiroso e gritei que ele nunca tinha tirado a roupa na minha frente, que antes de mim ele mantinha uma moça naquele apartamento e que as roupas dela ainda estavam no armário.

Ele esperou, paciente, que eu externasse meus ciúmes e quando terminei segurou minhas mãos. Disse que tinha realmente ido para a cama com Tamar, mas que fora apenas uma questão de hábito, que ele não sentia mais nada por ela.

"Não acredito, não acredito."

Ele disse que nunca ninguém tinha morado ali antes de

mim, que eu tirasse aquilo de minha cabeça; que precisava ir embora e de noite voltaria para jantarmos e conversarmos; que me amava cada dia mais, eu era tudo para ele e iríamos morar juntos, que eu não deveria ir ao encontro com Joachim.

"Não quero que você trabalhe mais em teatro."

7

Pesada como se duas pedras estivessem amarradas nos meus pés caminhei pela rua, sob o sol quente. Olhei o relógio: duas horas em ponto. Parei diante de uma vitrine. Bustos bem-feitos em material brilhante que parecia pele, de tamanhos regulares, vestiam sutiãs de rendas trabalhadas; pernas longas mostravam meias; quadris ostentavam calcinhas que faziam conjunto com os sutiãs. As mulheres que passavam na rua se sentiam atraídas por aqueles corpos artificiais perfeitos, aqueles seios, bundas, coxas, ventres plastificados vestidos com roupas íntimas e, como se estivessem diante de um espelho, achavam que se vestissem as mesmas roupas ficariam com os mesmos corpos. Era o que dizia seu Fred.

Pelo vidro, olhei o interior da loja. Três mulheres, desconhecidas, usando os mesmos uniformes cinzentos de saias justas atendiam a freguesas no balcão. Na caixa registradora não havia ninguém.

Entrei. Uma moça morena, jovem, de olhos grandes e ombros estreitos, saiu do vestiário das empregadas e veio me atender.

A moça sorriu. "O que você quer? Calcinha? Sutiã? Temos coisas lindas."

"Quero... um conjunto."

"Que cor?"

"Vermelho."

"Tamanho?", ela olhou meus seios; encolhi os ombros, envergonhada. "Tamanho pequeno?"

"É."

A moça procurou entre as caixas na prateleira a que continha peças vermelhas; puxava e empurrava as caixas nos seus nichos, sem encontrar o que eu tinha pedido. Devia ser nova na loja. Finalmente retirou duas caixas e espalhou sobre o balcão peças pretas de renda.

"Eu queria vermelhas."

"Ah, desculpa." E devolveu as caixas nas prateleiras, em lugares errados. Procurou outras, até que desistiu e foi pedir ajuda a alguém que estava lá dentro. Saiu da porta do escritório, seguida de seu Fred.

Ele me olhou, primeiro com surpresa, depois com rancor. Em seguida com tristeza. Mas não falou nada. Sentou-se no banco alto atrás da caixa registradora.

"São um pouco caras, quer ver alguma coisa mais em conta?", disse a moça, abrindo uma caixa de peças vermelhas, depois de fazer um equivocado julgamento de minha situação financeira, levando em conta minhas roupas.

Fiquei com pena dela. Não sabia vender e talvez não demorasse muito iria passar pelo mesmo problema que eu enfrentara.

"Sim, quer dizer, não, estas estão boas", eu disse.

"Quer experimentar o sutiã?"

Ela abriu para mim a cortina do vestiário de freguesas, pintado de branco, com ganchos dourados para pendurar bolsas e roupas. Tirei a roupa e experimentei o conjunto, mesmo sabendo que não se deviam vestir as calcinhas; eu tinha sonhado meses de minha vida com uma roupa daquelas, mas achei, agora, uma coisa singela. Pedi que a moça embrulhasse e fui até o caixa.

"Não precisa pagar", disse seu Fred.

Pus o dinheiro no balcão.

"Vi você no jornal, naquela peça de teatro infantil. Fiquei feliz por você", ele disse, pegando o dinheiro.

"Obrigada."

Ele abriu a gaveta da caixa registradora, que tilintou. Separou o troco e me entregou, junto com um pacotinho de papel de presente que a balconista preparara.

"Você... você está bem?", ele perguntou.

"Sim. Estou bem."

"Você vai ficar uma atriz muito conhecida. Vou assistir você trabalhar numa daquelas peças, acho que são aborrecidas, servem para fazer as pessoas sofrerem ainda mais... Mas tem gente que gosta, você gosta, não é mesmo, Bambi?"

"Sim, gosto."

"Você... não quer jantar comigo?"

"Sim, claro. Um dia passo aqui e saímos para jantar."

"Quero dizer-lhe, Bambi, que não guardo nenhuma mágoa de você."

"Obrigada."

Arrependi-me de ter gasto dinheiro à toa. Tinha guardado quase tudo que ganhara com as peças de teatro infantil — mandara algum para minha mãe, depois enviara para ela, no dia de seu aniversário, um estojo com batom e ruge e um pincelzinho, assim como um livro de poesias para meu irmão Manuel. Ia precisar desse dinheiro que me sobrara.

Voltei para casa, arrumei minhas roupas, as mesmas com que chegara naquela casa, despedi-me de dona Mercedes e escrevi uma carta para Gustavo, dizendo-lhe que iria embora e pedindo-lhe perdão por ser tão má. Dona Mercedes chorou, mas, como não sabia os motivos que me levavam a partir, não pediu que eu mudasse de idéia.

Eram três horas da tarde, eu estava atrasada. Peguei um ônibus para Copacabana e saltei na rua do teatro. Joachim estava sentado na sala de espera, absorto, cabisbaixo. Quando me viu entrar, fez um esgar com a boca, que parecia um sorriso.

V

1

Enfim. Eu ia fazer um teste para trabalhar em minha primeira peça para adultos: *Bambi*. O encontro com Joachim foi num teatro pouco conhecido, em Copacabana, onde seria levado o drama. De um lado ficava uma boate com cartazes anunciando shows de strip-tease; do outro, um restaurante que cheirava a gordura queimada, em cujas mesas avistei, de relance, prostitutas conversando com turistas.

Eu nunca tinha estado naquele teatro, mas sabia que apresentava espetáculos clássicos, montagens com atores desconhecidos. As pessoas que gostavam de espetáculos clássicos não eram do tipo que tinha coragem de se meter numa rua daquelas, de noite, e nunca houvera muito público naquela casa de espetáculos. No hall, Joachim levantou-se para me receber. Percebeu que eu trazia uma maleta nas mãos e ficou alguns instantes pensativo, olhando para ela, talvez compreendendo o que significava; mas nada falou sobre isso.

Ele me fez algumas perguntas, ainda no foyer, a respeito de minha experiência profissional. Entregou-me um maço de papéis.

"Por que você usou meu nome?", perguntei.

"A peça é sobre uma menina que, como você, veio de uma cidade pequena para uma cidade grande."

"E o que acontece com ela?"

"Você vai saber, quando ler a peça. Espero que concorde com minha visão de Bambi. Espero que, apesar de terem o mesmo nome e a mesma história, você não pense que ela é você. Ou o contrário."

"Minha história? O que você sabe sobre minha história?"

"Na verdade, nada. Vamos começar?"

Indicou a porta que dava na platéia. Mandou-me subir ao palco e ler um trecho qualquer. Sentou-se numa poltrona, fez sinal para o eletricista apagar as luzes e fechar um refletor sobre mim, de forma que eu não via nada além do papel em minhas mãos, que tremiam.

Engasguei na primeira palavra e interrompi a leitura, embaraçada. Ele me encorajou, pediu que recomeçasse. Após algumas falas eu me sentia bem melhor, conseguia mesmo fazer um ou outro gesto, era capaz de dar uma entonação e minha voz soava menos monótona.

Num certo momento ele disse que eu poderia parar a leitura. Desci do palco e me aproximei dele, ainda trêmula, ansiosa por ouvir sua opinião, mas Joachim não fez nenhum comentário sobre o que tinha achado. Deu-me o telefone do diretor da peça, que disse chamar-se José Maria Fernandes. Tratava-me com uma indiferença proposital.

"O que você achou?", perguntei.

"Você é adequada para o papel."

"Obrigada."

Apertou minha mão e foi embora.

Na sala de administração do teatro pedi que me deixassem usar o telefone e liguei para o número que Joachim me dera. José Maria Fernandes não estava, mas a pessoa que atendeu disse-me que os ensaios iriam começar dentro de algumas semanas, mas antes haveria sessões preparatórias, e que eu voltasse a ligar à noite.

Saí do teatro com minha maleta na mão. Caminhei pelas ruas, perguntando a quem encontrava parado na frente dos edifícios se havia algum pequeno apartamento vago; na Santa Clara um porteiro me informou que em seu prédio uma senhora alugava quartos. Fui ao andar indicado e toquei a campainha. Demoraram a atender; enquanto esperava, ouvi uma melodia lenta tocada num piano, dentro do apartamento. Quando a música terminou, uma mulher de cabelos pintados de louro abriu a porta e me fez entrar na sala, onde havia um piano de armário com uma partitura aberta. Após fazer algumas perguntas a meu respeito ela me mostrou um quarto pequeno, com armário embutido, uma cama coberta por uma colcha de chenile, uma penteadeira antiga. A janela dava para a copa de uma árvore, e isso me levou a alugar o quarto sem hesitação. A senhora, dona Wanda, pediu o pagamento mensal adiantado; informou-me acerca das regras a serem seguidas e me deixou sozinha.

Passei a tarde deitada na cama, lendo o texto da peça. Às vezes me postava diante da janela e olhava longamente a amendoeira com folhas amareladas, que caíam na calçada. A Bambi que ele idealizara tinha realmente algumas coisas parecidas comigo, mas o que acontecia com ela era bem diferente de tudo o que tinha se passado em minha vida. O único fato semelhante era que um homem velho se apaixonava por ela; mas ele a matava com um tiro no peito. Não gostei daquele final. Tampouco apreciava desempenhar o papel de alguém tão parecida comigo, era como ser eu mesma, não ia precisar de nenhum esforço para convencer as pessoas de que eu era a Bambi, pois eu era a Bambi. Mas, enfim, devia fazer o meu trabalho.

De noite liguei novamente para José Maria Fernandes e ele marcou o início dos laboratórios na tarde do dia seguinte. Em nossa breve conversa ao telefone, fiquei sabendo que Joachim era o produtor da peça. Acordei cedo na manhã seguinte, com uma algazarra de passarinhos bicando as amêndoas diante de minha janela.

2

José Maria Fernandes morava em um apartamento no Flamengo com um salão sem móveis, apenas um tapete e almofadas no chão. Da janela podíamos ver o aterro com seus jardins modernos, os barcos na baía de Guanabara, o Pão de Açúcar iluminado e o céu.

Era um sujeito caladão, observador; dizia poucas frases que ficavam no ar muito tempo depois de pronunciadas. Parecia um padre de confessionário, atencioso, cabelos cacheados. Não permitia a presença de ninguém nos laboratórios, apenas ele e os atores; dirigia os exercícios sentado nas almofadas, o rosto quase escondido pelos joelhos, pernas longas e pés imensos. Fumava uma cigarrilha com piteira e tossia sem parar. Aonde fosse, pela casa, levava consigo um cinzeiro em forma de mão humana. Com sua voz mansa e pausada, fazia com que improvisássemos falas referentes aos personagens, para criar uma ''ação contínua''. Eu estava contente de ter estudado este método e me saía razoavelmente bem, para uma estreante. Eu era a protagonista da peça e isso causava uma grande apreensão em mim, como nos outros. Percebia o silêncio que se fazia quando era a minha vez de desempenhar o papel. Havia, da parte de Fernandes, um esforço para ser paciente comigo, e eu suspeitava que minha escolha fora uma imposição de Joachim. Os outros atores eram todos bem mais velhos e experientes do que eu.

Meu sistema de memorização mostrou-se inútil. Fernandes não queria que decorássemos o texto; fazia leituras dramáticas incessantemente e no final de algum tempo todos tínhamos aprendido nossos papéis, o que era bem diferente de decorar.

Ele propunha exercícios realmente inesperados, eu não via nenhuma relação direta com a trama da peça. Devíamos nos mover como um animal; nos relacionarmos com um objeto qualquer; meu amante e eu devíamos nos beijar, segurarmos nossas mãos e fecharmos os olhos, nos abraçarmos; também de olhos fechados, tatearmos nossos rostos; de forma que, ao final dessa parte preparatória, tínhamos uma imensa intimidade corporal embora pouco soubéssemos sobre a vida um do outro. Fazíamos improvisos de texto e de movimentos. O diretor exigia um grande rigor técnico. Dizia que devíamos ter a humildade dos atores orientais que, mesmo depois de famosos e experientes, tomavam aulas com seus mestres como se fossem iniciantes e assim até a morte. Pedia-me leveza e precisão de gestos, uma tal firmeza que se eu dançasse em meio ao fogo minhas vestes fossem sequer chamuscadas, como as danças do transe que as bailarinas no teatro de Bali executavam.

Mandava que arrancássemos sentimentos de dentro de nós. Mas aquilo não era tudo. "Cinco minutos de sentimentos, e o resto com a técnica." Eu não tinha técnica nenhuma e me via afundar num pavor tremendo, mas Fernandes me tranqüilizava, "técnica você aprende". Cada ator devia ter sua própria técnica de representação, que apresentasse a verdadeira imagem do ator com uma lucidez que transcendesse a verdade cênica do personagem.

Embora o personagem fosse eu mesma, era um papel difícil. Depois de algum tempo na cidade, Bambi usava roupas justas e se exibia. Mas eu sentia vergonha que olhassem para mim. Meu corpo tinha uma forma estranha, às vezes eu me achava mais parecida com um bicho, não sabia exatamente qual, talvez uma ave pernalta. Meu pescoço se alongava para a frente, o que me dava um ar ao mesmo tempo altivo e submisso. Meus seios continuavam pequenos. A pele parecia não ter sangue por detrás e tinha um tom esverdeado; as ancas eram estreitas, os braços e pernas finos e compridos demais. Além disso havia alguma coisa desajeitada em mim, os pés gostavam de ficar para dentro, com as pontas dos dedões encostados. As rótulas dos joelhos eram ressaltadas sob a pele. Sentia molas embaixo de meus pés. Para corrigir minha postura, Fernandes punha uma música ritmada e pedia que eu caminhasse como se estivesse dançando. A coisa funcionou. Mas tive, constantemente, vontade de abandonar a peça, medo de entrar no palco, de esquecer minhas falas. E repetia o texto interminavelmente, andando nas ruas, na frente do espelho, enquanto tomava banho ou fazia alguma refeição. Não via mais Joachim, e isso não me incomodou. Agora eu sentia raiva dele, por ter me usado. Eu detestava a Bambi que ele criara.

3

Dona Wanda executava músicas num piano de armário quase todo o tempo, em casa. Saía às três da tarde para tocar numa casa de chá, vestida de azul-marinho e colar de pérolas; voltava às sete, preparava uma refeição rápida, sentava-se diante da televisão sem som e olhava as imagens, talvez dialogando com as figuras silenciosas, ou quem sabe exercitando mentalmente suas músicas de casa de chá, pois batia com os dedos de leve nas coxas. Mas ouvia-se o som das tevês dos apartamentos vizinhos, suavizado pela distância. Dona Wanda era distraída, muitas vezes não respondia a perguntas que eu lhe fazia. Ela me achava parecida com uma atriz de olhos redondos que trabalhava numa novela, e me chamava para vê-la quando aparecia.

"No dia em que você estiver lá, não vai se esquecer de mim, vai?", ela dizia.

Quando eu saía para os ensaios, que então já eram no próprio teatro, nas manhãs de segunda a sexta, dona Wanda olhava a roupa que eu estava usando e dizia que gostava da maneira como eu me vestia, que as moças usavam roupas muito justas e saias demasiadamente curtas que tiravam o mistério do corpo feminino.

"Mas você precisa comprar outros vestidos, parece que só tem um."

Ela gostava de ir à igreja, aos domingos, e tentava sempre me tornar uma católica praticante. Um ser humano sem religião nunca será um ser humano, dizia. Insistiu, até me convencer a ir com ela à igreja que freqüentava, a Santo Paulo Apóstolo. Caminhava depressa, os saltos dos sapatos repicavam na calçada.

Diante da escadaria, um velho veio me oferecer flores, maltrapilho e sem dentes, sujo, sem cabelos, sem cor. Comprei meia dúzia de rosas e entrei na igreja, com o ramo embrulhado em jornal, de braço dado com aquela senhora que poderia ser minha mãe. Era um templo amplo e de abóbada alta. Dona Wanda cobriu a cabeça com um véu e foi sentar-se num dos bancos dianteiros, provavelmente para ficar mais perto do padre. No fundo da igreja, em vez de assistir à missa admirei as cores de um vitral iluminado pelo sol, onde estava escrito *Regina Poloniae Salva Populum Tuum*. Na igreja tinha gente velha, pobre, feia.

"Nós somos o Corpo de Cristo", disse o padre, ao microfone, num degrau ao lado do altar. Não havia púlpito, como na igreja de São Luís onde mamãe rezava. A voz de Deus não vinha de cima. Os padres ali não precisavam ter potência vocal, nem eloqüência, nem veemência; os fiéis não precisavam decorar as orações, recebiam um folheto com as palavras que deviam pronunciar durante os ritos. Por que algumas pessoas precisavam tanto de religião?, pensei.

"Eis o mistério da fé", disseram os alto-falantes de coluna em coluna. Uma mulher se refrescava com a brisa de um leque de renda preta.

Na oração eucarística os fiéis se ajoelharam. Olhei para trás, pensando em sair. Encostado à porta um rapaz de lábio leporino me encarou; pensei que ele estava me criticando porque eu continuava em pé, e me ajoelhei. Aproveitei para pedir perdão a Deus por ter abandonado minha mãe. Teria ela me esquecido?

Uma moça gorda, e a igreja estava repleta de moças gordas, rezava beijando os próprios dedos das mãos postas, se acariciava e sonhava.

"Ela interpela, provoca, consola, cria comunhão e salva. Saudai-vos uns aos outros", disse o padre ao encerrar a cerimônia. Todos se voltaram para seus vizinhos e se deram as mãos. Fiquei sozinha, no fundo da igreja, abraçada às rosas, sem participar da comunhão física dos cristãos. Neste momento, um par de olhos opacos pela estupidez me fitaram; uma figurinha trêmula, uma velhinha pobre, se aproximou de mim e me beijou, ferindo-se no espinho de uma rosa. O rosto da mulher ficou marcado por um fio de sangue. Voltei para casa, tristonha.

A partir dessa visita à igreja, dona Wanda se afeiçoou a mim; tirou o cadeado do meu telefone, que me impedia de fazer ligações sem sua autorização; preparou um lanche com bolo de mandioca e outros quitutes. No dia seguinte me chamou a seu quarto. Eu nunca tinha entrado lá, apenas sentia um cheiro de incenso quando ela saía ou entrava; dona Wanda mantinha a porta sempre trancada, talvez por medo de ser roubada pelos inquilinos, moças de diversas profissões que ficavam às vezes apenas um mês hospedadas em seu apartamento. Dona Wanda me fez entrar e passou a chave na porta.

Era repleto de móveis e objetos antigos: um relógio numa redoma de vidro com um sistema de bolinhas que desciam por rampas; pássaros empalhados; cadeiras de couro perfurado em forma de flores; um cravo antigo, com as teclas desbotadas; uma coleção de leques; o crânio de um ser humano, que dona Wanda disse ser de um padre; vasos, estatuetas, frutas de metal. A cama ficava no meio do aposento, estufada de travesseiros e com um dossel prateado. Dona Wanda me mostrava tudo com nostalgia, contando a história de cada um daqueles objetos.

De dentro de um baú, retirou alguns vestidos. Falou que eu poderia ficar com eles.

"Este eu usei na minha formatura", ela disse. "O amarelo, em minha viagem de lua-de-mel. O lilás, vestia para ficar em casa. Veja, Bambi, como éramos mais elegantes naquele tempo. Veja que cinturinha de sílfide eu tinha. Pesava quarenta quilos." E colocou o vestido sobre seu corpo matronal, diante de um espelho.

Os vestidos eram bonitos, apesar de amarelados; serviam muito bem em meu corpo, mas faziam de mim uma aparição vinda do passado. Para não magoá-la, eu os usava em casa. Uma noite ela me perguntou se eu não iria sair vestida com um deles e eu disse que sim, estava mesmo pensando em fazer uma visita a amigos. Dona Wanda prendeu meus cabelos em coque, arranjou-me também um par de sapatos que combinavam com a roupa. Despedi-me dela, rodopiando com a saia ampla e entrei no elevador. Saltei no segundo andar. Passei um longo tempo sentada na escada do edifício. Voltei para casa dizendo que tinha feito muito sucesso com o vestido. Eu só saía de casa para os ensaios no teatro. Tinha saudades de Gustavo; às vezes ficava olhando o telefone, esperando que ele ligasse.

Alguns dias antes da estréia um empregado me disse que tinha estado lá um homem procurando por mim. Queria meu endereço, mas ninguém sabia. Perguntei-lhe como era o homem.

"Um sujeito rico que mancava de uma perna", disse o empregado.

4

No dia da estréia, nervosa como sempre, cheguei bem cedo ao teatro e deitei-me no camarim, rememorando o texto. Mais tarde, ouvi o rumor do público entrando na platéia e subi correndo as escadas para olhar o rosto das pessoas. Abri uma fresta na cortina. Uma pequena multidão se acomodava. Joachim cruzou a platéia, procurando sua cadeira numerada.

Tive vontade de desistir, sair pela porta dos fundos, voltar para casa. Sentia vergonha do público, de Joachim, de mim mesma porque achava que não sabia interpretar o papel. O espetáculo estava sendo indicado pelos jornais como teatro para pessoas sofisticadas. Eu lera num livro que havia dois tipos básicos de espectadores: os *naïfs* e os bizantinos. *Naïfs* eram aqueles que iam ao teatro para se entregar de corpo e alma às emoções, sem nenhum interesse crítico; sentia-se o próprio personagem, seus olhos mergulhavam nos gestos feitos no palco, seus lábios acompanhavam as falas, ele chorava, ria, sonhava. Para ele não importava saber de antemão o final da história; ele se esquecia que tal ou qual personagem ia morrer, ou matar, e aceitava a ação sem reservas. O bizantino, ao contrário, era cauteloso e se preocupava mais com as falhas da montagem, olhava friamente os atores interpretando seus personagens, avaliava cada acender ou apagar de um refletor, sem nunca se deixar apaixonar pela trama ou pelos personagens. Tentei criar, na minha mente, a ilusão de que todos aqueles espectadores que aguardavam sentados, quietos, murmurando, eram *naïfs*.

Na platéia, Joachim parecia ler algo em seu colo, talvez o programa. Os murmúrios aumentaram, havia muito mais espectadores na sala de espera e isto parecia sufocá-lo. Um casal se aproximou dele, querendo cumprimentá-lo. Ele se levantou, cruzou a platéia e empurrou a porta lateral que dava acesso aos bastidores.

Curiosa, temendo perdê-lo de vista, passei pelo corredor estreito e escuro até uma sala onde as paredes eram enfeitadas com fotos de atores e atrizes, alguns deles bastante conhecidos. Joachim estava parado diante de uma foto de Cacilda Becker atuando em *O preço de um homem*; admirou longamente a expressão severa e inquisitiva da atriz e se virou para a saída. Talvez quisesse ir embora mas, movido por um impulso qualquer, fez meia-volta, olhou novamente a foto da atriz e entrou no corredor onde eu me encontrava. Escondi-me num desvão. A partir deste momento ele não me pareceu mais empurrado por um desejo de solidão. Ao contrário, era atraído por alguma coisa.

Dobrou à esquerda e estava em outro corredor. O público, percebia-se pelos ruídos, ocupava quase todas as poltronas, as frisas. Joachim passou por detrás do ciclorama. Cruzou com um rapaz que enrolava cabos entre cenários desmontados. Então desapareceu. Corri para meu camarim, precisava me concentrar em meu trabalho.

Desci uma escada, cruzei com um homem e uma mulher que conversavam; um ator passou por mim, correndo, e me disse alegremente "a casa está lotada". Ao lado de um extintor de incêndio havia um grupo de cadeiras na penumbra, um lugar silencioso, sem pessoas, longo, com portas fechadas. Em meu camarim, vesti a roupa do personagem, olhei no espelho meu rosto maquiado, apaguei algumas das luzes, bebi uma mistura de mel com limão, deitei-me no sofá-cama. Rememorei o texto. Fechei os olhos e relaxei o corpo.

Após alguns minutos, que me pareceram demasiadamente longos e angustiados, alguém bateu à porta.

"Está na hora, querida", disse o contra-regra. "Já vou tocar a primeira campainha."

Meu coração disparou. Abri o camarim e, surpresa, vi Joachim sentado numa das cadeiras do corredor, na penumbra, olhando para o chão. Os olhos dele se viraram para meus pés que pisavam de uma maneira indecisa. Abaixou de novo os olhos, depois levantou-os para minhas mãos que seguravam o maço de papéis datilografados com as palavras dele. Finalmente viu meu rosto. Por um instante tive a impressão de haver em seus olhos uma ponta de tristeza.

"Oi", eu disse, parando na frente dele.

"Como vai, Bambi?"

"Bem. E você?"

"Eu... vim assistir à peça."

"Vamos, Bambi." O contra-regra entrou correndo, me pegou pela mão e me levou escada acima. A campainha tocou pela primeira vez, anunciando o começo do espetáculo.

Na coxia, duas figurinistas e a maquiadora esperavam os atores. Havia um espelho grande; olhei-me, mexi nos cabelos, abri e fechei a boca, movi os músculos do rosto, repuxei, contraí, distendi-os. Fiz alongamentos com os braços, o tronco, as pernas, estalei as articulações. Uma das mulheres passou pó em meu rosto, enquanto a outra penteava meus cabelos.

A campainha tocou pela segunda vez. O público ficou em silêncio alguns instantes; mas logo voltaram os murmúrios, as pessoas se deram conta de que ainda havia tempo.

Uma das figurinistas pôs sobre minha cabeça um chapéu, parecido com o que eu comprara no dia de minha chegada ao Rio de Janeiro, e que eu mesma tinha incorporado ao personagem. Fiquei diante do espelho. Olhei-me; e vi Joachim, refletido. Ele me observava de forma sigilosa. Ao perceber que eu o vira, escondeu-se numa região escura, saindo do campo do espelho.

A campainha tocou pela terceira vez; as figurinistas nos disseram "merda para vocês". As luzes se apagaram, a imensa escuridão envolveu tudo.

Entrei no palco. As cortinas se abriram, os refletores se acenderam. Vi a silhueta do meu corpo desenhada pela sombra, no chão. Atrás dos focos de luz estavam os desconhecidos que me observavam; no escuro, anônimos, silenciosos, não pareciam ser várias pessoas, mas uma só, imensa. Ouvi meus passos, minha voz. A peça fluiu.

Quando fiz minha primeira saída pude olhar, escondida na coxia, os espectadores diante do espetáculo: seres quase imóveis, silenciosos, que pareciam dormir de olhos abertos e sonhar, que não pareciam olhar para fora, mas para dentro de si.

Falei, naquela noite, para Joachim, embora não o visse na platéia; o único lugar vago era aquele onde ele estava antes sentado, e ver a cadeira vazia quase me fez esquecer o texto. Ele não quis assistir à peça. Saber que ele não estava ali me deu um certo alívio. Me esqueci que a ausência, uma cadeira vazia, pode ser mais intensa do que a presença.

Qual o significado de seu olhar transmitido através do espelho? O que era aquela tristeza que pensei ver dentro dos olhos dele?

5

Ao terminar o espetáculo, Fernandes e os outros atores me beijaram, contentes porque não tinha ocorrido nenhum desastre. Sentia-me tonta quando fui para o camarim. Percebi que a porta estava entreaberta. Com receio, olhei pela fresta.

Diante da bancada, Joachim examinava os objetos: potes de maquiagem, pincéis, esponjas, uma cigarreira e isqueiro, batons. Em outra bancada ficavam uma garrafa de água mineral, um copo, uma cesta de frutas, toalhas. Ele abriu um vidro de perfume e aspirou o cheiro. Joachim não leu o cartão pregado no celofane que envolvia um buquê de rosas sobre a mesa; apenas olhou-o. Num canto ficava o sofá-cama desarrumado a cujos pés via-se meu par de sapatos negros, de saltos altos, que ele tomou em sua mão.

Com os olhos fechados deslizou a mão pelo couro do sapato. Inalou o cheiro do suor. Pôs o sapato sob um raio de luz que entrava pela fresta da porta. Depois foi explorar outros objetos. Afagou o tecido de meu vestido. Num canto encontrou minhas roupas íntimas, de algodão com estampa de flores levemente coloridas; embora as olhasse, não tocou naquelas peças.

Repentinamente, como se acordasse de um sonho, Joachim percebeu minha presença; não moveu um só músculo do rosto; olhou o relógio no pulso.

Entrei, vestida com a roupa manchada de tinta vermelha que imitava sangue. Joachim veio em minha direção, como se quisesse sair pela porta.

"Desculpe entrar aqui em sua ausência."

Arranquei as unhas postiças, tirei um cigarro do maço. Joachim acendeu um isqueiro e o encostou diante de meu cigarro. Olhou minhas unhas roídas até os sabugos. Esse distúrbio, ou mau hábito, se chamava onicofagia, Gustavo me dissera uma vez. O que ele acharia de Joachim ter entrado em meu camarim, aspirado meu perfume e acariciado meu sapato? Isso não importava. Gustavo não estava mais em minha vida.

"O jornal falou bem de seu texto. Você viu hoje os jornais? Gostaria de ler suas outras peças", eu disse.

"Não perca tempo pensando nisso."

Vi que minha bolsa estava aberta no chão, me agachei, recolhi objetos espalhados e os guardei. Joachim se ajoelhou ao meu lado, para me ajudar; nossos rostos ficaram próximos. Afastei-me num gesto quase brusco.

"Você não quis assistir à peça?", perguntei. Ele se levantou também.

"Tinha muita gente. Preferi ficar sozinho."

"Também gosto de ficar sozinha."

"Desculpe." Joachim encaminhou-se para a porta.

"Não foi isto que eu quis dizer, mas, enfim, preciso trocar de roupa." Sorri.

"Adeus, Bambi", ele disse, e saiu.

No corredor, um grupo ruidoso de pessoas vinha em direção aos camarins. Joachim desapareceu entre elas.

6

Fechada no camarim, vesti meu avental preto, as meias longas que modelavam as pernas; calcei os sapatos. Dei uma última tragada e apaguei o cigarro. Olhei meu rosto de perto, no espelho. Espalhei um creme na pele e retirei a espessa camada de maquiagem. A pele brilhou, apareceram suas imperfeições.

Achava meu rosto ossudo demais. Desejava ter os lábios menos grossos, a pele mais clara ainda. Fernandes queria que, para fazer esse papel, eu fosse branca como a Lua, mesmo que pudesse parecer tísica. Dizia que as sombras azul-pálidas sob os olhos suavizavam o semblante, criavam uma atmosfera de mistério; a palidez enobrecia os traços. A pele devia se colar aos ossos, no rosto; e no corpo os músculos precisavam ser definidos. Eu evitava sair de casa em dias de sol muito forte, e para ir aos ensaios usava um chapéu de abas largas que ele tinha me dado. Todas as tardes — poucas vezes eu acordava antes do meio-dia — fazia ginástica.

As vozes, do lado de fora do camarim, pareciam distantes. Minha cabeça doía. Ainda sentia o tremor que tomara meu corpo ao desempenhar meu papel na frente do público. Por que minha bolsa estava revirada, as coisas no chão? O que Joachim estava fazendo no meu camarim?, pensei, mas logo entrei em outros devaneios. Não gostava muito de me fazer perguntas que não sabia responder.

Olhei o relógio, abri a bolsa, retirei um frasco e tomei um comprimido. Abri o camarim e me vi envolvida por um grupo ruidoso de pessoas que me cumprimentavam. Um desconhecido me entregou um cartão com seu telefone, pediu-me que ligasse de noite para ele. Senti sua mão em minha cintura, seus lábios em meu ouvido sussurrando; tive vontade de empurrá-lo mas para mim era doloroso ser indelicada, mesmo com um desconhecido. Um outro homem me convidou para uma festa.

Eu estava tonta, não reconhecia ninguém. Sorria por obrigação. Sentia frio.

Um jornalista me pediu que respondesse a algumas perguntas, marcou uma entrevista para o dia seguinte. Um fotógrafo me levou até o palco, fez com que me encostasse num cenário, me pusesse diante dos refletores e me fotografou, conversando comigo; procurava meus ângulos, levava-me passiva, pela mão, de um lugar a outro, estimulava meus sorrisos, "você fica melhor sorrindo", sugeria gestos clássicos de atrizes, arrumava com o dedo a gola de meu vestido ou uma mecha de cabelos. Sempre dócil, fiz o que ele pedia. Gostava de ser fotografada para num dia qualquer de minha velhice me recordar de meu rosto e de meu corpo ainda jovens. Ser fotografada me dava um sentimento de imortalidade. Dali a muitos anos alguém iria olhar minha foto e saber como fui. Assim como as fotos de Cacilda Becker mostravam um pouco quem ela foi.

Mas alguma coisa me incomodava naquele instante, me fazia ansiosa. Senti-me observada, olhei para a platéia no escuro porém não vi ninguém. Talvez fosse Joachim.

A sessão de fotos terminou. Voltei para os camarins esquecida de meu pressentimento, mas com uma sensação de estar sendo seguida.

7

Aos poucos as pessoas se retiraram e fiquei sozinha no camarim. Ouvi passos ressoando nas tábuas do corredor, uns estalidos de madeira, batidas leves na porta.

''Pode entrar'', eu disse.

A porta se abriu e Gustavo apareceu, apoiando-se em sua bengala. Tinha uma expressão de ansiedade que eu nunca vira em seu rosto.

Ficamos alguns instantes nos olhando, parados.

''Obrigada pelas flores'', eu disse, indicando as rosas vermelhas sobre a bancada. ''O cartão é lindo. Você escreveu aquela poesia?''

''Sim, eu mesmo escrevi. Mas é uma poesia antiga, de quando eu era jovem.''

''Gostei muito. Você está mais magro.''

''É, tenho trabalhado em excesso. E você?''

''Estou bem.''

Ele olhou em torno, procurando algum indício de minha nova vida. ''Você... tem alguém? Encontrou outro homem?''

''Não. Não tenho ninguém.''

''É verdade?''

''Claro que é verdade.''

Ele fez uma pausa. ''Eu não posso viver sem você'', disse, em seguida.

"Mas eu quero fazer teatro."

"Você... pode fazer teatro, pode fazer o que você quiser. Eu amo você, amo você perdidamente, volte para mim, Bambi."

"Você promete mesmo que me deixa fazer teatro?"

"Sim."

"A Tamar voltou?"

"Foi embora para sempre."

"Como vai a dona Mercedes?"

"Ela sente muitas saudades suas. Quer que você volte a morar com ela."

"E o Hamlet?"

"Hamlet está magro, seu pêlo não tem mais brilho, come sem vontade, não brinca mais com a bola, passa os dias dormindo."

"Coitado."

"Onde você está morando?"

"Aluguei um quarto aqui em Copacabana."

"Um quarto?"

"Num apartamento de uma senhora, um lugar modesto mas decente. Tenho uma cama macia para dormir, com uma colcha azul e um telefone na cabeceira."

"Vamos passar lá para pegar suas coisas."

"Está bem."

Ele beijou minhas mãos, sorriu olhando-me nos olhos, tentando recuperar a mesma intimidade que havia entre nós. Abaixei os olhos.

"Vi fotos suas nos jornais", ele disse. "Você tem estado com o Joachim?"

"Não, ele nunca aparece por aqui. Veio apenas hoje, mas nem mesmo assistiu à peça. No final encontrei-o no meu camarim, mas ele foi logo embora."

Gustavo não disse mais nada; levou-me, segurando minha mão como se eu fosse uma criança, um ser frágil que precisa de proteção, de alguém que lhe mostre o caminho.

8

"O Joachim me dá medo", eu disse a Gustavo, quando subíamos as escadas para a parte superior de sua casa. Eu nunca tinha subido aqueles degraus. Levavam a uma sala íntima, onde havia um aparelho de televisão, dois sofás, uma mesa de jogos, um bar.

"Você tem razão em sentir medo dele. Confie sempre nos seus sentimentos."

"Você o conhece?"

"Sim."

"Você conhece tantas pessoas de teatro."

"Conheço gente de todas as profissões."

A sala íntima dava acesso a outros aposentos. Gustavo abriu uma das portas.

"Venha ver, Bambi. Este foi o quarto de meu filho mais velho", disse, "continua exatamente como era, quando ele morava aqui." Abriu outra porta. "Este, o da menina. Quando minha primeira mulher foi embora, meu filho tinha onze anos e a menina apenas sete."

Era um quarto todo cor-de-rosa, até mesmo o tapete, com uma cama de cortinado, coisas lindas penduradas do teto, miniaturas nas paredes, um janelão que dava para a floresta, uma estante cobrindo a parede do fundo e repleta de brinquedos.

"Tive apenas uma boneca, chamada Magrinha", eu disse. "Ela veio num pacote de Natal com brinquedos velhos distribuídos às crianças pobres. Mas eu gostava dela."

"Você se lembra como ela era?"

"Era de louça. Não tinha os cabelos. Os olhos eram azuis e as pálpebras se mexiam para cima e para baixo. Tinha alguns cílios, sim, acho que me lembro dos cílios. A boca estava descascada e faltavam os dois braços. No peito dela havia furinhos por onde saía um gemido triste quando eu a deitava."

"Você brincou com ela até que idade?"

"Até vir embora para o Rio de Janeiro. Pensei em trazer a Magrinha comigo, mas achei que estava grande para ter boneca. Eu costurava roupas para ela, de restos de meus vestidos, botava-a para dormir cantando cantigas de ninar e brigava com ela, quando estava zangada." Peguei um urso de pelúcia. "Você acha que, se eu tivesse tido todos estes brinquedos e este quarto, eu seria uma pessoa muito diferente?, se eu tivesse dormido nesta cama macia e cor-de-rosa meus sonhos teriam sido outros, e nunca teria tido pesadelos?"

"Talvez. Mas acho que minha filha também tinha pesadelos."

Voltamos para a sala íntima.

"Esta é a porta de meu escritório", disse Gustavo. "Ninguém entra aqui, nem as arrumadeiras. Eu mesmo limpo e organizo minhas coisas. Você sabe, elas misturam os papéis, jogam fora anotações importantes, escondem documentos dentro de pastas, tiram os livros da ordem."

A outra porta dava em uma copa com bar e geladeira, uma fruteira, e guloseimas de diversas nacionalidades lagópodes, doce de amoras árticas, cantarelos, groselhas negras, arenque-do-báltico, coisas assim, que Gustavo me mostrava e das quais descrevia o sabor. Ele não precisava descer as escadas de noite para beber ou comer.

Finalmente Gustavo abriu a porta do quarto de casal. Era composto de dois ambientes: uma ante-sala com mesa, duas poltronas, um sofá, cortinas e tapetes, tudo nos mesmos tons; e o lugar de dormir, amplo, com uma cama rodeada de panejamentos, aparadores de cabeceira com objetos pessoais. Uma das paredes era de vidro e podia-se ver o perfil da mata Atlântica sobre a montanha. Ouvia-se o som das ondas quebrando, trazido pelo vento. Gustavo me fez sentar na cama.

"Por que você disse que tem medo dele?", perguntou.

"O Joachim? A gente nunca sabe o que ele está pensando. Ele quase não fala comigo. Aparece e desaparece como uma fumaça."

Eu também nunca sabia o que Gustavo estava pensando. Mas ele sempre adivinhava meus pensamentos.

"No meu camarim ele se comportou de uma forma estranha, olhou minhas roupas, pegou meus sapatos e cheirou-os, cheirou meu perfume. Quando entrei ele quis logo ir embora. Durante os ensaios ele nunca apareceu no teatro. Mas eu sentia sempre a presença dele no escuro."

"Não gosto dele ter escrito uma peça usando seu nome, e sobre você mesma, e, ainda por cima, com você fazendo seu próprio papel. Posso imaginar o que ele pretende com isto."

"O quê?"

"Prefiro não dizer, para não correr o risco de ser injusto com ele. Joachim era industrial, herdou uma fábrica do pai. Era um sujeito bem diferente do que é hoje. Um dia conheceu uma moça, uma jovem atriz, assim como você. Era uma das mais belas mulheres que jamais vi."

"Como ela era?"

"A mulher mais bela é indescritível. Ele ficou loucamente apaixonado. Vendeu a fábrica e foi escrever peças de teatro, todas para ela. Mas a moça se apaixonou por outro homem e foi embora. Um dia, apareceu morta, assassinada. Uma história trágica."

"Como era o nome dela?"

"Lili."

"Ah, vi numa revista uma foto dela morta. Fiquei muito impressionada. Então... era namorada do Joachim! Ele escrevia as peças para ela? Você tem as peças que ele escreveu?"

"Não, quer dizer, eu tinha algumas, mas não sei onde estão. Você não vai gostar de lê-las."

"Por que não?"

"Imagino. Vocês falaram a meu respeito?"

"Não."

"Vocês conversaram sobre o quê?"

"Quase não falamos nada."

"Há anos que não o vejo. Ele está com os cabelos grisalhos?"

"Um pouco."

"Gordo?"

"Magro."

"Usa roupas amarfanhadas?"

"Não reparei."

"Descreva-o para mim."

"Ele... parece um bicho procurando comida. Os olhos dele lembram os do Hamlet."

Recostado na poltrona, acariciando as próprias barbas, uma das mãos na cintura, Gustavo parecia mergulhado em recordações muito antigas. Arrumou os óculos, que estavam na ponta do nariz, perto de cair. "Quer que eu prepare alguma coisa para você comer?"

"Estou sem fome."

"Você precisa se alimentar, meu bem. Coma pelo menos uma fruta."

Ele me levou até a copa e me fez escolher uma fruta; peguei uma maçã e voltamos para o quarto. Reparei que não havia armários, apenas duas portas, em lados opostos, que eram dois banheiros, como ele me explicou.

"Vou tomar um banho", disse Gustavo. "Se você quiser, tome um também. As toalhas estão no armário do banheiro. Quer ouvir música?"

"Sim."

Gustavo ligou o equipamento de som. "Beethoven", disse, e se fechou no seu banheiro.

Ouvi a música que tocava em volume baixo, uma música triste. Ouvi também o barulho da água jorrando da ducha enquanto comia a maçã, olhando as ondas do mar, as luzes dos postes, as lanternas vermelhas dos carros. A cidade era uma miniatura, um brinquedo de criança. Dali o mundo parecia suave, organizado. Uma favela brilhava na encosta da montanha, ao longe. O Rio de Janeiro era diferente da maioria das outras cidades onde os ricos e as classes intermediárias moravam num centro e os pobres numa periferia distante. No Rio de Janeiro cada bairro tinha seus ricos, seus mais ou menos ricos e suas favelas. Cada bairro era uma pequena cidade, com todo mundo misturado. Dona Mercedes contava-me que rapazes ficavam à entrada das favelas com metralhadoras nas mãos, controlando a subida de gente. Os moradores conhecidos podiam passar sem explicações. Os desconhecidos eram submetidos a um interrogatório, tinham que explicar aonde iam, e subiam escoltados.

Dentro do banheiro a campainha do telefone tocou. Ouvi a voz de Gustavo conversando com alguém. Falava pouco, quase murmurando, em longos intervalos.

Saiu do banho vestido com um roupão longo até os pés, o rosto grave.

"Vou ter que sair", ele disse, fechando a pulseira do relógio em seu pulso. "Chamada de urgência na clínica."

"Você me deixa em casa? Quero ver a dona Mercedes."

"Não demoro. Me espere aqui. Amanhã levo você."

"Eu... vou ficar morando aqui?"

"Se você quiser."

Gustavo entrou novamente no banheiro. Alguns minutos depois reapareceu, vestido para sair, os cabelos penteados.

"Você tem mesmo que ir?"

"Uma paciente tentou se matar", ele disse, com uma frieza surpreendente. "Não dorme não, está bem, meu amor? Estou morrendo de desejo por você."

Beijou-me e fez com que eu encostasse a mão nele para provar que tinha dito a verdade.

Os passos de Gustavo soaram na escada, depois a porta do carro bateu duas vezes, o motor deu partida, o portão se abriu e se fechou. O ruído do carro desapareceu aos poucos.

Dei mais uma mordida na maçã. Pensei se tinha direito de comer, de olhar uma paisagem tão linda, de estar num lugar luxuoso; de sentir prazer, de desejar que Gustavo voltasse logo para me dar carinho, amizade e para fazer sexo comigo. Uma mulher tentou se matar. Quem seria ela? Que idade devia ter? Por que a vida para ela não valia nada?

Cuspi na mão o pedaço de maçã e o joguei, com o resto da fruta, no lixo. Fechei as cortinas para não ver mais a paisagem. Sentei-me na cama e por um longo tempo esperei Gustavo, entregue a pensamentos. Tive vontade de ir embora, sentia-me uma estranha naquele quarto, naquela casa onde eu não era dona de nada, não arrumara nenhum dos objetos, nada tinha o meu cheiro. Lembrei-me de que Gustavo sugerira que eu tomasse um banho. Não sabia muito bem se devia tomar no banheiro dele, ou no da ex-mulher dele. Abri a porta do banheiro dela.

Parecia um jardim, todo em mármore e repleto de folhagens. Em volta da banheira paredes de vidro formavam uma espécie de nicho; os galhos das árvores da floresta encostavam nos vitrais. Dentro de um armário encontrei toalhas felpudas; pareciam nunca ter sido usadas, numa arrumação que lembrava prateleiras de uma loja.

Um perfume feminino se espalhava no ar. Abri os registros do chuveiro e me despi dentro do box fechado, com medo de ser vista nua por alguém escondido na floresta.

Tomei um banho rápido sem usar nenhum dos produtos que ficavam sobre uma bancada dentro do box — shampoos, cremes para os cabelos, delicados aparelhos eletrônicos. Uma espécie de pênis com motorzinho me perturbou, devia servir para ela se masturbar; eu estava invadindo o mundo de Tamar, como o fizera antes, olhando-a nos espelhos do cabeleireiro.

Enxuguei as paredes e o chão com a toalha com que enxugara meu corpo; não queria deixar vestígios de minha presença. Ao lado da pia, numa grande pedra de mármore, uma infinidade de apetrechos de beleza se enfileiravam de maneira estudada. A mulher de Gustavo se mudara daquela casa, mas deixara suas coisas como se em breve fosse voltar. Senti um arrepio.

Abri com pressa a porta do banheiro, mas percebi que estava em outro lugar que não o quarto de dormir. Era um aposento menor, com todas as paredes cobertas por estruturas metálicas repletas de roupas, sapatos, chapéus, bolsas, casacos de pele. Alguns cabides estavam vazios. No fundo havia um móvel com tampo em mármore.

Ali, peguei um porta-retratos com uma foto de Tamar. Era uma mulher fina, de expressão altiva e distante. Estudou filosofia. Devia saber pensar. Tinha olhos azuis como uma piscina.

Retirei um cabide com um tailleur preto ornado por uma gola de renda. Nunca tinha visto nada tão bem cortado e costurado, nada tão macio e ao mesmo tempo firme. Havia alguma coisa pesada no bolso, uma pequena arma de fogo, para a qual não dei muita atenção. Olhei os vestidos, um por um. Imaginei Tamar dentro daquelas roupas, nas festas, nas recepções, nas viagens com o marido. Tamar era loura, de seios grandes, batatas da perna grossas. Tinha os lábios que eu gostaria de ter, voz bem-posta e gestos seguros.

Peguei um vestido de baile no closet, de corpete sem alças, todo em dourado e pedrarias, uma saia longa preta de panos sobre panos, uma coisa luxuosa que eu nunca tinha visto, nem mesmo em vitrines de lojas. Soltei a toalha e sobre o corpo nu vesti a roupa de baile. Tamar era talvez vinte anos mais velha do que eu, mas tínhamos as mesmas medidas. Apenas o busto ficou largo, os seios de Tamar eram muito maiores; senti-me inferior, mais por não ter os seios do que por não ter um vestido como aquele. Nem sabia se gostaria de ter um assim, ou se sairia vestida daquela maneira. Talvez pudesse usá-lo em casa, para me olhar no espelho, ou num palco. Tirei o vestido, pus de volta meu avental preto e calcei os sapatos. Eu adorava caminhar descalça, até na rua; Gustavo dizia que eu nunca deveria andar descalça, nem mesmo em casa.

Caminhei pela casa escura ouvindo o som de meus próprios passos, os grilos que cantavam, os latidos dos cães a essa hora soltos no jardim. Gustavo tinha pastores alemães ferozes, treinados para guardar a casa. Havia alarmes por todo lado, mesmo na escada; eu tinha medo de descer e disparar as sirenes. Sentia-me prisioneira.

Quis olhar novamente o quarto da filha dele, mas quando abri uma das portas percebi que estava no escritório. Era uma sala triangular, com um computador sobre uma mesa de trabalho, arquivo pessoal com anotações sobre pacientes e uma pequena estante com livros e pastas. Em outra estante ficava uma coleção de carros em miniatura e alguns troféus de automobilismo. Um armário comprido e estreito, num canto, chamou minha atenção. Tentei abri-lo, mas estava trancado. O que Gustavo guardaria ali? Sobre a mesa, vi um molho de chaves. Sem pensar muito no que estava fazendo, experimentei as chaves e abri o armário. Senti um frio perpassar meu corpo. Duas pernas estavam guardadas ali.

Quis fechar o armário mas não consegui mover nem mesmo os olhos. As pernas tinham um sistema de correias que deviam servir para prendê-las ao corpo de Gustavo. Uma delas era mais rudimentar, com um mecanismo metálico à mostra. A outra parecia uma perna de verdade, ou uma daquelas imitações que ficavam na vitrine da loja de seu Fred, exibindo meias de seda. Fechei novamente o armário, arrependida do que tinha feito. Gustavo estava certo por não querer me falar sobre este assunto, meus sentimentos por ele foram acrescidos de pena, e um pouco de vergonha, talvez, assim como eu sentia vergonha das gravatas rotas de seu Fred.

Pensei em sair dali, mas logo vi sobre a mesa uma ficha azul preenchida com o nome *Sabrina*, a data de nascimento, o nome dos pais, o endereço e outros dados. Em seguida havia um relato escrito dia após dia, mas a letra de Gustavo era quase ilegível para mim. Ao lado das fichas, estavam dois livros com peças curtas de Joachim. Sentei-me na poltrona para ler.

A primeira peça, *Madame X*, era sobre o assassinato que uma mulher madura cometia contra seu jovem amante; ela escondia o corpo do rapaz num armário e recebia visitas. Enquanto a lia, senti uma inquietação imensa, como se alguém me observasse pela janela; fechei as cortinas, mas a impressão permaneceu. Roendo as unhas prossegui na leitura.

A outra peça era sobre uma esposa dedicada que levava seu marido para se encontrar com uma prostituta num hotel, e ficava num bar, na frente do hotel, esperando, conversando com um pintor amigo que passava ali por acaso.

Tomada pelo sono, não terminei de ler a peça. Apaguei a luz do abajur e me encolhi na poltrona, abraçada aos livros.

9

De madrugada Gustavo acendeu no escritório uma luz que atravessou minhas pálpebras. Olhou de relance para o armário onde estavam as pernas, depois para o molho de chaves. Por um instante pareceu suspeitar que eu tinha aberto o armário. Ajoelhou-se diante de mim, retirou os livros que estavam em meu colo, primeiro sorrindo, mas quando leu o nome do autor dos volumes ficou taciturno. Levou-me para o quarto.

"Como está a moça?", perguntei.

"Está fora de perigo. Como você sabe que é uma moça?"

"Não sei. Quantos anos ela tem?"

"Dezoito."

"Como é o nome dela?"

"Sabrina."

"De que maneira ela tentou se matar?"

"Com um garfo. Arranhou os pulsos."

"Coitada." Tentei imaginar o rosto de Sabrina.

Perguntei a Gustavo como era Sabrina, ele disse que tinha cabelos castanho-claros, olhos verdes.

Tomada de um sentimento que não sabia muito bem definir, saí de perto dele e fui olhar pela janela. Assim como os espelhos, as janelas me lembravam palcos, onde moças como eu, ou moças como a que fui, olhavam o drama da vida, às vezes muito monótono.

“Você quer falar mais sobre a Sabrina?”, perguntou Gustavo.

“Não.”

“É melhor assim. A loucura é contagiosa.” Ele abaixou a cabeça e deu um murmúrio triste. “Você estava lendo os livros do Joachim. Ficou pensando nele, enquanto me esperava?”

“Fiquei. Tenho medo dele. Muito medo. Você me protege?”

“Sim.” Ele me abraçou. “Deite-se.”

Deitei-me e fechei os olhos.

Ele se despiu fazendo um leve rufar de panos. Houve longos momentos de silêncio, quando imaginei que Gustavo me admirava na cama, como fazia antes. Mas seus passos ressoaram no tapete; uma porta se fechou, uma torneira derramou água.

Gustavo permaneceu no banheiro por bastante tempo; após um longo silêncio a porta se abriu. Ele sentou-se na cama, um chiado irrompeu, forte, depois uma música, em seguida a voz de um locutor falou em solidão e logo após um outro anunciou uma música; entrou o tique-taque da rádio-relógio e um sujeito disse: “...o mais relevante empreendimento intelectual do ser humano talvez consista em distinguir a aparência da realidade”.

“Em que você está pensando?”, ele perguntou.

“Em como distinguir aparência de realidade.”

“Por que você está pensando nisso agora?”

“Nada. Só porque ouvi no rádio. Acho que não sei muito bem distinguir uma da outra.”

“Isso é comum, na sua idade. E também...”

Esperei, mas ele ficou em silêncio. “Também o quê?”, perguntei.

“Na sua profissão. Não estou querendo dizer nada contra o teatro, entenda bem. A minha profissão também facilita a confusão mental. Na verdade, talvez não haja um limite entre realidade e aparência.”

"Como assim?"

"Cada um tem sua realidade. Ela é confusa. Veja lady Macbeth, por exemplo. Sabe quem é, não sabe?"

"Sei."

"Ela faz com que seu marido mate o rei da Escócia. Depois do crime, torturada pelos sofrimentos do espírito a lady lava as mãos continuamente, obsessivamente e, sob o olhar estarrecido do médico e da dama, delira, acredita que suas mãos estão manchadas de sangue, e diz: 'Ah, quem haveria de imaginar que o velho tivesse tanto sangue?'. Suas mãos jamais ficarão limpas, ela sente o cheiro do sangue, nem todos os perfumes da Arábia purificariam aquelas pequenas mãos." Gustavo ficou em silêncio.

"E então?", perguntei.

"Havia sangue em suas mãos, embora apenas ela pudesse vê-lo."

"Não sei por que você está falando nisso. Nem por que você lava tanto suas mãos, feito a lady Macbeth. O que você vê em suas mãos?"

"Isso é apenas um hábito que adquiri na faculdade de medicina."

Ficamos calados, deitados lado a lado, ambos olhando para o teto.

"Por que meus pais me criaram para ser uma pessoa inferior?", perguntei, mais tarde. "Eles eram pobres, mas minhas irmãs foram estudar, e meu pai e minha mãe sonhavam para elas uma vida melhor. Para mim, desde que eu não fosse prostituta, poderia até chegar a ser bilheteira de teatro."

"Mas que bobagem, não diga uma coisa dessas. Por que você acha isso?"

"Eu nunca vou ser como a Tamar."

"Você não precisa ser como ela. Basta ser você mesma. É de você que eu gosto."

"Acho que você ainda gosta dela."

"Eu amo você."

"Por que ela não levou as roupas? O banheiro dela está cheio de coisas que ela usava. Por quê?"

"Depois ela vem buscar. Não se preocupe com isso."

Gustavo deitou-se sobre mim. Embora estivesse muito cansado, dedicou-se ao amor com todas as suas forças. No final, disse-lhe que não queria morar naquela casa.

"Prefiro ficar com a dona Mercedes, como antes."

"Está bem. Se você prefere assim..." E adormeceu.

Fiquei acordada, pensando em Joachim, em lady Macbeth, nas pernas mecânicas, até surgirem os primeiros raios de sol da manhã. Acordei ao meio-dia, sozinha na cama.

10

Li num jornal algumas notícias sobre o Maranhão: trinta policiais espancaram homens e mulheres que tinham invadido uma fazenda no município de Zé Doca, a poucos quilômetros de São Luís; tubarões comeram o pé de uma criança que nadava numa praia; assalto a banco; uma mulher foi presa por manter sua filha acorrentada ao pé da cama. As notícias pareciam vir de um mundo muito distante que eu nunca conhecera. Fechei os olhos, para tentar sentir o vento fresco da manhã maranhense penetrando pelas frestas da parede do quarto onde eu dormia; mas fiquei com medo de que viesse à minha lembrança o cheiro do curtume. Esperei. Tinha me esquecido daquele odor fétido, assim como de todos os odores de minha cidade.

Escrevi para meu irmão Manuel, contando-lhe sobre a peça *Bambi*, isso ia impressioná-lo bastante; junto, enviei alguns recortes de jornais com resenhas e fotos. Estava certa de que ele iria mostrar tudo aquilo para meus pais, e que eles iriam se orgulhar da filha atriz; mas, no fundo, eu sentia apreensão.

Alguns dias depois recebi uma carta de minha mãe. Ela não sabia escrever, e a letra, reconheci, era de Manuel. Dizia que eu nunca devia ter roubado seu dinheiro; que teatro era um mundo de prostitutas. Que o Professor tinha morrido e deixado sua herança para uma casa de caridade; que se eu tivesse me casado com ele aquilo tudo, hoje, poderia ser meu, e eu teria tirado minha família da miséria.

Mostrei a carta a Gustavo, falei-lhe sobre minha angústia, sobre o roubo do dinheiro; mas ele pareceu não se importar, disse que não fora bem um roubo; demonstrou uma grande compreensão pelos sentimentos de minha mãe, achava que havia amor por trás daquelas palavras, ela queria apenas me preservar e o fazia da maneira que conhecia. Na verdade, ele ainda se angustiava por eu estar fazendo teatro, embora procurasse esconder isso de mim.

Juntei todo o dinheiro que tinha guardado e mandei-o, por vale postal, para minha mãe.

11

Numa noite, depois do espetáculo, senti um cheiro forte de tabaco saindo de meu camarim quando para lá me dirigia. Abri a porta. Sentado na banqueta, de costas para o espelho, Fernandes fumava uma cigarrilha imerso em pensamentos. Conversamos algumas trivialidades, falei a respeito da peça, mas ele não se interessava pelo que eu dizia, como se esperasse um momento para falar algo.

"Você me parece preocupado. Aconteceu alguma coisa?"

"Não, nada de mais." Ele tossiu.

"Estou tão feliz com a peça."

Fernandes estremeceu. Tragou a cigarrilha e jogou a fumaça para o alto. Tossiu novamente. "Eu... vim lhe dar uma má notícia. Sente-se."

Aspirou profundamente a fumaça da cigarrilha e soltou-a devagar, como se quisesse prolongar o tempo. Tossiu.

"Você vai ter que sair da peça", disse, afinal.

Fiquei um instante muda, sem saber se tinha escutado bem. "Por quê?"

"Não importa o motivo."

"Estou fazendo mal o papel? É isso? Sei que cometo muitos erros."

"Não é isso, você não cometeu nenhum erro, você está perfeita no papel. Não é isso, pode acreditar."

"O que é, então?"

"A partir de amanhã uma atriz vai substituir você."

Fiquei desolada, em silêncio.

"Tem que ser assim", ele disse. "É melhor para você. Desculpe."

Levantou-se e saiu, sem olhar para trás.

Eu aprendia, a cada instante, que as coisas na vida estavam sempre por um fio; bastava um minuto para que o mundo se transformasse. Mas que, por detrás de tudo, havia uma perenidade inexplicável.

VI

1

Cheguei em casa sentindo um grande vazio. Chorei enquanto tomava banho, chorei penteando os cabelos, chorei me olhando no espelho. Descobri que meu rosto ficava mais expressivamente triste quando eu não contraía tanto a boca para baixo e exprimia apenas com os olhos meus sentimentos; mas teatro era assim, eu precisava fazer gestos bem marcados para que as pessoas vissem de longe; importava tanto o sentimento verdadeiro quanto a movimentação dos músculos. Ouvi batidinhas na porta e a voz de dona Mercedes dizendo que Gustavo estava na sala me esperando.

Com os olhos inchados, entrei na sala. Apreensivo, como se soubesse que alguma coisa tinha acontecido, ele me interrogou. Contei-lhe sobre a conversa com Fernandes. A reação de Gustavo me causou uma enorme surpresa, pensara que ele ficaria até alegre no dia em que soubesse que eu tinha saído da peça; mas ele, inesperadamente, parecia angustiado.

"Por que você está assim? Não precisa ficar tão preocupado, estou aborrecida, mas tenho que me acostumar. Logo consigo outro trabalho."

"Tenho medo de você ficar muito infeliz."

Gustavo passou aquela noite comigo e no dia seguinte não foi à clínica. Levou-me para passear no Jardim Botânico. Estava diferente, mais feliz do que nunca, porém em alguns momentos seu olhar se perdia nas águas do lago, ou em alguma folha seca caída na relva e parecia prestes a chorar. Na estufa de orquídeas ele me beijou.

De noite levou-me à casa de um casal de psiquiatras amigos dele onde tomamos vinho. Os três conversaram sobre psiquiatria e eu fingia prestar atenção, mas pensava na peça. Naquele momento outra atriz estava em meu lugar, fazendo a Bambi. Tentava imaginar o motivo que levara Fernandes a me mandar embora; ele parecia gostar de meu trabalho, acreditava em mim. Por que fizera aquilo?

"Esta foi uma noite entediante para você, não foi?", Gustavo perguntou, quando voltávamos para casa.

Na outra manhã, fomos a uma praia distante, deserta; ele levou uma cesta de piquenique e ficamos abraçados embaixo de uma barraca de sol até escurecer. Na outra manhã, assistimos a uma corrida de carros, misturados à multidão. Depois passamos nas garagens dos carros, e fiquei surpresa porque as pessoas cumprimentavam Gustavo com afeto, todos o conheciam, mesmo alguns pilotos. De noite ele mesmo preparou um jantar à luz de velas para mim em sua casa, abriu uma garrafa antiga de vinho e bebemos, olhando a paisagem e ouvindo música.

"Estou achando você muito calada. O que há?"

"Nada."

Na noite seguinte ele entrou em minha casa trazendo um ramo de flores que me entregou, com ar misterioso. No cartão estava escrito apenas um número de telefone.

"O que é isso? De quem é este número de telefone?"

"De um diretor de teatro. Ele vai montar o *Rei Lear* e precisa de uma atriz para fazer uma das filhas do rei. Ligue para ele amanhã."

Beijei Gustavo e pedi-lhe perdão.

"Por que perdão?"

"Cheguei a pensar que foi você quem obrigou o Fernandes a me despedir da peça."

"E por que eu faria isso?"

"Não sei."

2

Afinal ia começar a ensaiar *Rei Lear*, fazendo o papel de Cordélia, a filha boa, que aparecia apenas no primeiro e no último atos. Já começava a decorar o texto: "E o que irá dizer Cordélia, neste momento? Ama; e emudece". "E então, pobre Cordélia? Entretanto, não sei; pois teu amor, estou segura, é mais profundo que tua fala." "Nada, meu senhor." "Nada." "Infeliz de mim, que não posso trazer meu coração para a boca. Amo Vossa Majestade como é o meu dever: nem a mais, nem a menos." "Meu bom senhor, tu me geraste, me educaste, me amaste, retribuo." Ah, como ia ser bom fazer o papel da filha boa e sincera; eu não tinha sido uma filha boa para minha mãe nem para meu pai. Sentia vergonha de mamãe; de sua gordura, de sua ignorância e sua pobreza, de suas pernas cobertas por varizes, de sua maneira de parar, com um pé apoiado no joelho. O futuro que ela conseguia vislumbrar para mim era ficar viúva do Professor e herdar um sobrado azulejado quase em ruínas. Para ela, isso bastaria. Ter uma cama de dossel, um chão liso de tábuas, uma janela para olhar a rua.

Algumas pessoas diziam que ela fora uma das mais belas mulheres do Maranhão, e eu não me conformava que tivesse desperdiçado sua beleza nas tinas, ariando panelas, varrendo o chão com sua vassoura de palha, acocorando-se todas as noites na porta de casa para olhar as pessoas passarem. Talvez ficasse refletindo, ali, agachada, viajando em sua imaginação, inventando histórias. Algumas vezes, enquanto de noite tomávamos uma sopa sentados em volta do fogão a lenha, ela contava histórias de nos deixar mudos e de olhos arregalados. Meu pai não gostava das histórias, dizia que mamãe estava apenas querendo nos meter medo. De noite, o ouvíamos cantando para ela, no quarto; depois ela chorava e gemia.

Embora meu pai fosse um alcoólatra e batesse algumas vezes em nós, andasse com prostitutas e vadios nos bares, dele eu não sentia vergonha. De certa forma, eu até o admirava. Primeiro porque era homem e os homens, naquele lugar onde morávamos, eram considerados seres superiores; depois, porque ele tinha mãos hábeis que faziam todo tipo de cenário para teatro, como um verdadeiro artista. E não apenas cenários. Uma vez, decidiu construir uma cadeira. Torneou-lhe cuidadosamente os pés, esculpiu o encosto curvo, fez o assento de palha entrançada e proveu-a de duas peças para descanso dos braços. Quando a cadeira ficou pronta, papai colocou-a bem no meio da sala de nossa casa e nos chamou para olhar. Ela brilhava entre a pobreza dos outros móveis. Todos queriam sentar-se nela. Ficava bem na varanda, no quintal, na cozinha, como se adquirisse o ar do local onde estava. Assim eram as coisas que ele fazia.

Papai também sabia tocar numa antiga sanfona músicas que ele mesmo compunha, e cantava-as como se estivesse chorando. As pessoas paravam para ouvi-lo. O mundo dele era o teatro, eram as ruas noturnas, os cabarés com mulheres de batom, as festas em torno das fogueiras. Nunca consegui compreendê-lo, nunca lhe disse uma palavra de afeto e silenciei sobre a admiração que sentia por sua arte. Nunca lhe disse como achava tranqüilizador o cigarro aceso pendendo de sua boca, a brasa se transformando em cinza e soltando fumaça, enquanto ele serrava uma madeira. Senti vontade de me ajoelhar diante de meu pai e minha mãe e pedir-lhes perdão.

3

Telefonei várias vezes para o diretor do *Rei Lear*. Nunca o tinha visto pessoalmente; com sua voz rouca, gentil, desculpava-se e me pedia que lhe telefonasse alguns dias mais tarde.

Gustavo passou novamente a me visitar de maneira apressada, reflexivo, como se estivesse mergulhado em problemas muito distantes daquele mundo onde eu vivia. Senti-me de novo solitária. Os dias custavam a passar. Eu já sabia de cor todo o texto de Cordélia e decorei os dos outros personagens da peça; decorei depois outros textos de personagens de outras peças; quando ficava cansada de decorar, lia revistas de intrigas para acompanhar a vida dos atores, os namoros deles, suas viagens, os trabalhos que realizavam. Tomava xícaras de café até sentir o estômago arder e voltei a fumar, um cigarro depois do outro. Ao entardecer, sentava-me na calçada da praia para ver o sol se pôr.

Tinha vontade de telefonar para Joachim, mas meu orgulho me dizia que era ele quem devia me procurar. Nunca me dissera uma palavra sobre minha saída da peça. Eu sabia, pelos jornais, que *Madame X* estreara num teatro na Gávea. Resolvi pegar um ônibus e ir para lá. Na porta do prédio, o motorista de Gustavo me perguntou onde queria que me levasse, mas disse-lhe que preferia pegar um táxi.

"O doutor Gustavo me deu ordens de levar a senhorita onde a senhorita quiser ir."

Em poucos minutos ele me deixou na porta do teatro. Parada, sem saber o que fazer, olhei as pessoas na fila para comprar ingresso. Depois as observei no foyer; mas não entrei. Na volta, o motorista estava me esperando. Na noite seguinte retornei ao teatro, também levada pelo motorista de Gustavo. Ele parecia me vigiar. Com um pouco mais de coragem, comprei uma entrada e fui assistir à peça.

Antes que o espetáculo começasse, vi Joachim em pé no balcão, conversando com uma mulher. Ela se despediu, deixando-o sozinho, cabisbaixo. Joachim tirou um papel do bolso e o olhou um longo tempo, imóvel, como se estivesse magnetizado. Num momento qualquer pareceu despertar. Sentiu-se observado; olhou para a platéia mas não me viu. As luzes se apagaram e o espetáculo começou. Quando olhei novamente para o balcão, Joachim tinha desaparecido.

Na saída do teatro, senti a mão de alguém segurar meu braço. Voltei-me e me deparei, bem de perto, com o rosto de Gustavo.

"O que você está fazendo aqui?", ele perguntou.

"Ora, vim assistir à peça. Que mal há?"

"Nenhum. Nenhum. Apenas vim buscar você. Tive medo de..."

"Medo de quê?"

"Nada. Eu... Vamos jantar num restaurante?"

"Está bem."

4

Muitos dias se passaram. O que eu devia fazer para preencher meu tempo? As noites demoravam a terminar, quando eu não trabalhava em nenhuma peça. Minha vida tinha parado. Quando dona Mercedes estava comigo — ela costumava passar alguns dias em sua casa — eu fazia com que se sentasse na poltrona, recostava-me em seus joelhos e lia para ela alguma passagem de dramas que gostava. Dona Mercedes ouvia com um sorriso constante, os olhos apertados, a mão acariciando meus cabelos; mas não demorava a bocejar e adormecer. Eu passava as noites acordada, tinha medo de que algum rato viesse roer minhas orelhas, ou que uma barata entrasse na minha vagina.

Não queria ligar para a casa de Gustavo; sentava-me ao lado do telefone e esperava. Não gostava de telefonar para ninguém, esperava sempre que ligassem para mim. Mas Gustavo não telefonava. Ninguém telefonava. Eu roía as unhas; caminhava pela casa. Da janela da cozinha, via o motorista de Gustavo encostado no capô do carro, conversando com o porteiro do prédio. Ele passava o dia todo parado na frente do edifício; ao entardecer revezava-se com outro motorista, que permanecia no posto até a meia-noite. Eu pensava em fugir dali. Seria fácil. Sairia com minha maleta de madrugada e desapareceria para sempre; Gustavo nunca mais me veria. Ele estava me mantendo prisioneira, de forma que eu não percebesse. Ou era eu mesma quem me aprisionava naquele apartamento? Por que eu não saía mais para ver o pôr-do-sol? Por que não ia assistir a peças de teatro à noite? Eu poderia ir onde quisesse, tinha um carro para me levar onde desejasse. Por que não saía? Por que pensava mal de Gustavo? Para uma pessoa impaciente como eu, esperar era uma tortura.

Precisava fazer alguma coisa, para não ter que pensar tolices. Numa noite, escolhi uma roupa de bruxa, na arara de vestimentas teatrais. Eu nunca tinha mexido naquelas roupas. Vesti uma longa túnica preta, joguei um pano também preto sobre os cabelos, pus um nariz de turco postiço que amarrei na nuca, sombreei os olhos desenhando olheiras e subi no tablado. Hamlet acompanhava meus movimentos.

Diante do espelho levantei os braços, contraí as mãos em forma de aranhas e representei num tom demoníaco, fazendo voz rouca.

"Quando é que vamos, as três, nos encontrar outra vez?"

Hamlet correu e se escondeu atrás do sofá.

"Com chuva, raio, trovão? Onde?", continuei. "Já vou, gato cinzento. O bom é mau, o mau é bom. Vamos voar por entre a neblina e a impureza do ar." Parei. Senti-me observada. Meu coração se acelerou.

Longe, numa janela iluminada, havia um homem barbudo, um vizinho que sempre aparecia ali e ficava com a cabeça apoiada nas mãos, olhando para minha casa. Será que ele também era um espião de Gustavo? Corri para o quarto e me enfiei embaixo do edredom. Hamlet pulou na cama e se deitou no travesseiro. Ficamos imóveis, até adormecermos.

O telefone tocou, mas não acordei completamente. Apenas ouvi, como um tanger distante, o toque melancólico e repetitivo que parecia o dos sinos que soavam de manhã na igreja de São Luís.

De manhã vi que havia um recado na minha secretária eletrônica.

"Bambi, aqui é o Joachim."

Meu coração pulou.

"Gostaria de lhe dizer algumas palavras. Se você pudesse me telefonar, eu agradeceria muito. Desculpe-me ter ligado assim para a sua casa." E dava o número de seu telefone.

A voz parecia a de outro homem, mais amigável. Porém era ele mesmo. Voltei a fita e ouvi mais uma vez.

Liguei para o número dele. Joachim disse que precisava me ver, tinha uma coisa importante a falar. Dei meu endereço, expliquei com minúcias onde se localizava a rua e marquei a hora, naquele mesmo dia.

5

Ouvi a voz de Joachim anunciando-se pelo porteiro eletrônico. Dona Mercedes o mandou entrar.

Abri a porta do apartamento. Ele usava um paletó azul-claro, calça bege e tênis. Não estava de frente para mim, mas de perfil, e me olhava de maneira oblíqua. Julguei ser aquele semiperfil a mais característica de suas posturas e aquele olhar o mais revelador de sua personalidade. Se eu fosse um escultor e me determinasse a esculpir uma estátua de Joachim, creio que tentaria retratar aquele momento em que abri a porta e o vi.

"Obrigado por ter me recebido", ele disse. Trazia nas mãos uma pasta de elástico, recheada.

"Entre."

Ele parou um instante no final do corredor. Mesmo vendo-o pelas costas, tive a sensação de que ele tremeu levemente antes de pisar na sala, talvez no momento em que avistou o palco, as roupas teatrais.

"Quer tomar alguma coisa?", perguntei.

"Não, obrigado."

"Um café?"

"Está bem. Posso olhar seus livros?"

"Sim, claro."

Enquanto fui pedir a dona Mercedes que preparasse um café, na cozinha, Joachim se aproximou da prateleira de livros.

Eu tinha biografias de atores, peças de teatro, volumes de poesia e ficção. Quando voltei à sala, transportado para um mundo distante ele acariciava um vestido florido com gola de rendas brancas, peitilho nervurado, laço nas costas, que ficava entre os figurinos teatrais na arara.

"Uma roupa usada para a Ingênua nos melodramas e comédias de costumes", ele disse, ao me ver. "Mas, enfim, desde a dramaturgia de Ibsen não há mais convenções de tipos e comportamentos. Cada personagem é um indivíduo com seus traços próprios. Talvez tenha sido um vestido de Maria Garga, antes dela se prostituir."

"*Na selva das cidades?*"

"Sim."

"Gosto muito destes figurinos. Mas não são meus, apenas alguns adereços, que acrescentei aqui. Ah, estes três vestidos são meus", mostrei-os, "uma amiga me deu, ela era pianista. Guardava todas as suas roupas como lembrança da juventude."

"No século passado os atores tinham seus próprios guarda-roupas teatrais. Tudo que eles ganhavam, gastavam com trajes e quanto mais suntuoso e completo seu guarda-roupa, mais disputado era o ator pelas companhias. Antes disso, usavam-se roupas comuns para encenação de peças, com poucas exceções, como por exemplo na commedia dell'arte."

"Não sei quem montou este guarda-roupa, e nem por que, eu jamais pensaria em ter algo assim. Mas é bom para trabalhar em casa. Também este pequeno palco, este refletor, este espelho... No começo, quando vim morar aqui, tinha medo destas roupas, mas depois me acostumei com elas e agora uso-as para brincar de atriz. Não quer sentar-se?"

Ele viu seus dois livros colocados numa mesma pilha.

"Estou relendo suas peças", eu disse.

"Não perca tempo com isso. As coisas que escrevo não vão lhe fazer bem." Sentou-se. "Você está em alguma peça? Ensaiando alguma coisa?"

"Não. Estou esperando o começo dos ensaios de uma montagem do *Rei Lear*."

"Ah. Não sabia."

Dona Mercedes entrou com uma bandeja, um bule, xícaras, açucareiro, envelopes de adoçante.

"Esta é a minha amiga, dona Mercedes", eu disse. "Não sei o que seria de minha vida sem ela."

"Como vai, dona Mercedes?", Joachim levantou-se para cumprimentá-la. Isso me fez apreciá-lo ainda mais. Eu gostava das pessoas que tratavam com reverência os humildes e com arrogância os poderosos.

"Vou indo, vou indo como Deus permite." Dona Mercedes olhou Joachim com desconfiança e saiu sem sorrir. Servi o café e sentei-me ao lado de Joachim.

"Você estava no teatro, na Gávea, há algumas noites", ele disse.

"Sim, fui ver sua peça. Gosto muito da *Madame X*. Pensei que você não tinha me visto."

"Vi você na platéia, Bambi. Procurei-a na saída, mas não a encontrei."

"Fui embora logo. Pensei mesmo que você não tinha me visto. Você estava no balcão, olhando um papel, muito concentrado."

Joachim fez uma longa pausa. "Eu preciso lhe falar", ele disse. "O José Maria Fernandes vai dirigir uma peça e precisa de uma atriz. Indiquei você."

Fiquei trêmula. "Que peça?"

"Um drama novo que escrevi, chama-se *A jupiteriana*. É sobre um crime, mais uma vez. Parece que este tema me persegue. Leia este texto", entregou-me o volume que trazia nas mãos, "pense, reflita, depois me responda se quer fazer o papel. O nome do seu personagem, caso você aceite fazê-lo, é Vanessa."

"Como ela é?"

"Uma mulher jovem, como você, bela e suave como você. Mas cruel. Abandona seu marido alegando motivos que ela mesmo deu, e o incrimina por fazer coisas que ela mesmo o induziu a fazer. Ela usa sua beleza e sua doçura para dominar os homens que a cercam, o cunhado, os irmãos, o sogro, o vizinho, o empregado. Faz com que se apaixonem e, quando os vê a seus pés, tripudia sobre o amor que sentem. Deixa-os loucos de ciúmes. Antes de Ibsen, André Antoine e Stanislavski ela seria classificada de mulher fatal.''

''E por que ela faz isso?''

''Você vai ter que imaginar.''

''Talvez... talvez porque não tenha sido amada pelo pai?''

''Este seria um bom motivo.'' Fez outra longa pausa, pensativo. ''Ela tem obsessão pela perfeição corporal. A peça se passa no início do século. Há uma cena de nudez, você se importa?''

''Acho que não. Já fiquei nua na frente de duas crianças, num banheiro de uma rodoviária. Talvez seja a mesma coisa. Mas... no início do século? A obsessão pela perfeição do corpo não é uma coisa recente?''

''Não. Há muitos tratados antigos sobre sistemas de medidas perfeitas. Os homens do Renascimento, por exemplo, tinham obsessão pela perfeita forma clássica do corpo humano. Em Roma, escolheram os mais belos homens e mulheres e estabeleceram as relações entre eles, excluindo o que ficasse acima ou abaixo de certos limites. Até que chegaram a um sistema de medidas harmoniosas e simétricas, dentro dos padrões da justa relação, e obtiveram o desenho do corpo perfeito. A proporção humana ideal foi instituída em dois tipos: o apolíneo, que tem nove vezes o tamanho do rosto; e o jupiteriano, que tem dez. Você é jupiteriana, o que é mais adequado a uma mulher. Também se podia estabelecer a proporção do corpo humano tomando como medida o nariz.''

''Nariz?''

''Vinte e sete narizes somavam a medida padrão de um corpo humano perfeito.''

Achei engraçado. Ele falava com certa ironia. Mas havia mudado sua maneira de me tratar. Se antes era frio, lacônico, agora demonstrava afeto, olhava-me com interesse e *falava* comigo.

"Você se acha bonita?", perguntou.

"Poucas vezes."

"Como você se vê?"

"Como uma moça do interior que ninguém quis para casar e as crianças chamam de tia."

Ele sorriu. Nunca o tinha visto rindo. Fazia-o balançando a cabeça e apertando os lábios como os sujeitos que durante a infância não tiveram bons dentes.

"Para fazer este papel", ele disse, "você precisa se convencer intimamente de que é a mais bela de todas as mulheres. Pode-se saber se uma mulher é bonita até mesmo vendo-a pelas costas a caminhar. A mulher bonita, ou a que se julga bonita, tem um porte inconfundível. A beleza, ou a presunção da beleza, ergue-se dentro do corpo como a estrutura de uma catedral. Vanessa tem sua maneira de ser, um acabamento florentino, sobretons lascivos. E quer ser capaz de atrair os homens, todos eles, mesmo um cocheiro, um lacaio."

"Não tenho acabamento florentino. Não gosto de meu corpo e não sei se vou conseguir me convencer de que sou assim tão bonita."

"Um corpo não precisa ser perfeito, basta que seja expressivo."

Folheei as páginas datilografadas. "Sou uma mulher honesta, mas quero ser adorada como uma prostituta", dizia Vanessa.

"Seus personagens femininos são cruéis. É assim que você vê as mulheres?"

"Amo as mulheres, elas são protagonistas de todas as minhas peças. Exatamente por gostar delas, crio personagens que permitam um desempenho melhor do que os papéis masculinos."

"Ah, sim, isso é verdade. E seus personagens masculinos são sempre apaixonados pelas mulheres."

"Leia, pense bem e telefone para mim dizendo sua decisão", ele disse.

O gato saltou em meu colo.

"Como é o nome dele?"

"Hamlet. Ele me faz companhia."

"É bom ter um gato como companhia." Ele fez menção de se levantar.

"Não quer ficar mais um pouco?", perguntei.

Joachim voltou a sentar-se. "Sim, claro."

"Você mora sozinho?"

"Moro também com gatos."

"Como é sua casa?"

"Não sei bem. Uma grande desordem, uma quantidade interminável de livros por todo lado."

Procurei entendê-lo, examinando detalhes de seu rosto, de suas mãos. Buscava algum indício de ele ser como seus personagens.

"Seu apartamento é bonito", ele disse.

"Sim, muito bonito, só que não é meu. Sinto como se vivesse sempre num mundo alheio." Pensei em Gustavo.

"Você é feliz com Gustavo?", perguntou Joachim, inesperadamente.

Refleti bastante antes de responder. "Gosto dele."

"Um dia fomos amigos."

"Eu sei, ele me contou."

"Ele não quer que você faça teatro, não é mesmo?"

"É. Mas nunca vou poder deixar de trabalhar como atriz. Não sei ser eu mesma, prefiro ser um personagem que alguém inventou. Os personagens são mais humanos do que nós."

"Todos somos humanos e somos personagens, Bambi. Um sujeito que escolheu ser escriturário é um personagem e para os outros representa aquele papel durante toda sua vida. Para que ele mesmo e os outros acreditem que é escriturário, veste-se como escriturário, comporta-se como tal. Você, que escolheu ser atriz, é um personagem, a atriz, que vive para os outros muitos papéis. Mas você é apenas você mesma, enriquecida pelas vidas possíveis que viveu. Compreende o que quero dizer?"

"Acho que sim."

"Não acredito nos atores que dizem se confundir com seus personagens, que os personagens transformam suas personalidades, acho que estes atores estão mentindo quando falam isso, quero dizer, mentindo para si mesmos."

"Mas por que, então, me sinto tão vazia quando não estou representando nenhum personagem?"

"Também me sinto vazio quando tiro férias."

Permanecemos em silêncio.

"Preciso ir embora", ele disse, levantando-se de maneira brusca.

"Obrigada por conversar comigo. Nunca conversamos antes. Não sabia que você era assim... quer dizer, eu supunha que você era alguém parecido com seus personagens."

"Ah, não. Eles são melhores do que eu." Estacou diante da porta, voltou-se para mim. "Você quer sair comigo amanhã?"

"Sim, quero", respondi sem hesitar.

"Passo aqui às nove horas da manhã, está bem assim?"

"Não! Podemos nos encontrar em algum lugar."

"No ponto de ônibus que fica na esquina de sua rua com a Ataulfo de Paiva."

"Está certo."

Passei aquela tarde perturbada com o encontro. Não sabia bem por que, mas num certo momento pensei com gratidão que Gustavo não tinha a chave do meu apartamento. Gustavo marcara comigo às seis horas daquela tarde. Iríamos assistir a um concerto de música sacra, numa igreja, e depois jantaríamos num restaurante.

6

Li a peça de Joachim, imaginando-me sempre como a Vanessa. Havia uma epígrafe, dizendo que os dramaturgos deviam compreender que os diretores necessitavam de apenas esboços inacabados, deviam escrever apenas rascunhos que os atores e os diretores completariam. E assim era a peça, sem muitas indicações de cena, marcações ou sentimentos. Vanessa se expressava com simplicidade, frases fáceis de dizer e decorar; mas suas palavras vinham carregadas dos "sobretons lascivos" de que falara Joachim. Enquanto na cama era amada pelo marido, fazia intrigas a respeito do irmão que a tinha ofendido e levava o marido a jurar vingança. Na cama com o cunhado, fumava ópio e cantarolava. Num jantar à luz de velas com o sogro, seduzia-o comendo uma banana, dizia-lhe que o marido — o filho dele — era pervertido e a fazia chorar muito. Estava sempre atenta a não se deixar curvar, e a submeter os homens a seus caprichos. As demais mulheres da família assistiam, invejosas do poder de Vanessa, e tramavam contra ela. Mas Vanessa saía vitoriosa.

Fui para a cozinha. Na fruteira havia um cacho de bananas e sentei-me ao lado, para comer as frutas, imaginando-me na cena do jantar com o sogro.

Quando dona Mercedes apareceu, com o aspirador de pó nas mãos, percebeu que se passava alguma coisa diferente. Parou, observou-me alguns instantes; viu as cascas amontoadas sobre a mesa.

"Ah, coitada, está com fome?"

"Não, nenhuma fome."

"Comeu todas as bananas? Meu Deus, vai ficar com uma dor de barriga daquelas."

Rimos um bom tempo, falando tolices. Ajudei-a guardar o aspirador de pó.

"Quantos anos a senhora tem?", perguntei.

"Ah, minha filha, ninguém sabe a minha idade. Nem eu mesma sei. Resolvi esquecer. Quantos anos pareço ter?"

"Eh... deixe-me pensar... sessenta."

"Sessenta? Ah meus sessenta anos! Tenho setenta e quatro."

"Não parece."

"Sabe, minha filha, quando eu tinha a sua idade achava que uma pessoa de quarenta estava com o pé na cova. Quando fiz quarenta, achava que alguém com sessenta é que era velho. Hoje penso que uma pessoa de oitenta anos ainda está jovem. Para mim, as pessoas só envelhecem quando deixam de saber o que está acontecendo na frente do seu nariz. E isso às vezes acontece com alguém de pouca idade."

Ficou séria, de repente. Abriu um armário e pegou um vidro com pó de café, um filtro, encheu a cafeteira com água. "Um cafezinho", murmurou. "Sabe, dona Bambi, a senhora não me perguntou nada, e não gosto de me intrometer na vida de ninguém, mas..." Calou-se, olhando o café escorrer pela haste para dentro do bule.

"Mas o que, dona Mercedes?"

"Não gosto daquele homem que veio visitar a senhora."

7

Às oito horas da noite ouvi os estalidos metálicos da fechadura da porta. Eu estava no jardim-de-inverno, ainda vestida para ir ao concerto e ao restaurante, mas sem os sapatos; aguava as plantas com uma mangueira. Um cheiro delicado de argila molhada se desprendia dos jarros. O verde das folhas brilhava sob a luz ampliada das tartarugas.

Decidira não contar a Gustavo, por enquanto, sobre o convite de Joachim. Mas eu não sabia guardar segredos. Como disse Gustavo, quando a boca está muda as pessoas tagarelam com as pontas dos dedos; a traição força sua passagem por todos os poros.

Gustavo demorou um pouco na cozinha, conversando com dona Mercedes. Depois veio para a sala.

"Desculpe-me o atraso", ele disse. "Perdemos o concerto, é uma pena, você ia gostar muito. Tentei avisá-la, mas a secretária eletrônica ficou ligada, você não ouviu meus recados?"

"Pouco me importa. Estás sempre fazendo-me sofrer. Pega uma almofada e deita-te a meus pés. Sou uma mulher honesta, mas quero ser adorada como uma prostituta."

Ele estremeceu. "O que está acontecendo?, você está zangada comigo?"

"Não", dei uma boa risada. "Estou apenas dizendo frases de um personagem."

"Que personagem?" Ele sempre se divertia com minhas brincadeiras, mas dessa vez permaneceu sério. Suspeitei que dona Mercedes lhe tivesse contado sobre a visita de Joachim, mas logo achei que ela não faria isso.

"Você jantou?"

"Não." Perguntou-me se podia preparar um drinque. Foi até o bar e se serviu. Sentou-se no tablado, com um ar reflexivo.

"Você não quer mais sair para jantar fora, não é?", perguntei.

"É."

"Vou pedir a dona Mercedes que prepare alguma coisa para comermos."

"Está bem."

"O que você tem?"

"Estou ansioso."

"Por quê?"

"Não quero falar sobre isso."

"Você nunca me fala sobre você, apenas fala sobre mim. Conte para mim um desejo seu."

"Um desejo?"

"É. Um sonho."

"Que espécie de sonho?"

"Por exemplo, quando você ficar velho, quer morar aonde?"

"Deixe-me pensar... talvez numa cidade pequena, numa aldeia onde caia neve no inverno."

"E o que você vai fazer?"

"Escrever poesias. Fazer pesquisas. Ler. Os jovens psiquiatras virão, em bandos, me ouvir falar sobre meu passado, diante de uma lareira. Você será uma mulher madura, linda, e vai servir vinho de barril aos visitantes. Eles lhe farão perguntas sobre seu passado como atriz."

Imaginei a neve caindo atrás de uma janela, os rostos dos rapazes ouvindo Gustavo, o barril de vinho, as chamas na tora de lenha. "Vou trabalhar em teatro até ficar velha, como Sarah

Bernhardt, mesmo que me cortem uma das pernas, como aconteceu com ela; ou como a Henriqueta Brieba, meu Deus, fazer teatro com noventa anos, você pode imaginar? Nunca vou me cansar de fazer teatro."

A menção à falta de uma das pernas de Sarah Bernhardt deixou-o ainda mais melancólico. Pensei em Joachim, no meu silêncio sobre sua visita. Por que eu não queria contar a Gustavo sobre a peça? Eu sabia que ele ia me pedir para não fazer a Vanessa, para não me aproximar de Joachim. O que houvera entre eles, que os afastara de maneira tão completa?

Sentei-me aos pés de Gustavo.

"Dona Mercedes me disse que você recebeu uma visita hoje", disse Gustavo.

"Sim. O Joachim veio aqui."

"O que ele veio fazer na sua casa?"

"Eh... Eu o chamei."

"E por que você o chamou?"

"Eu gosto do que ele escreve. Não tenho amigos, quem sabe ele pode ser meu amigo?"

"Você anda atrás dele, tenho percebido isso. Você se sente atraída pelo lado sinistro que ele tem, sei que isto atrai as mulheres. Mas cuidado com o Joachim. Você é muito ingênua."

"Por que você o detesta? Ele lhe fez algum mal?"

"Ele lhe disse que o pai dele era um grande industrial?"

"Não, nunca me disse nada sobre o pai ou sobre a mãe dele. Nunca me falou nada sobre si mesmo."

"Pergunte-lhe se o seu pai era um grande industrial. Ele lhe dirá que sim. Mas sabe o que fazia o pai dele antes de ser um grande industrial? Isso ele não vai lhe dizer."

"Por que não?"

"Pergunte-lhe o que fazia o pai dele. Decerto ele vai mentir para você. Ele tem muitas coisas a esconder."

"Isso não quer dizer nada. Todo mundo inventa mentiras. Eu mesma já inventei um monte."

Entrei para guardar a mangueira. Voltei em seguida, enxugando as mãos numa toalha.

"Devo confessar que senti certo prazer quando li num jornal uma crítica arrasando a última peça de Joachim", disse Gustavo. "Ele insiste em falar sobre um mundo de horrores. Valoriza e estimula comportamentos comprometidos, vidas sórdidas. Acho intrigante você gostar das peças dele."

"Pensei que você também gostasse."

Deitei a cabeça nos joelhos de Gustavo; de olhos fechados revi o vulto de Joachim se afastando, no corredor, a porta do apartamento se fechando. Quando voltei a olhar Gustavo, ele tinha os olhos perdidos entre as plantas do jardim e segurava o copo como se tivesse se esquecido dele. Afaguei-o; mas sua mão ficou inerte.

"Sua mão está gelada", eu disse.

Ele pôs o copo sobre o tablado.

"Está lindo o jardim, não está?", insisti, mas ele respondeu com apenas um aceno da cabeça. "Eu... quero voltar a fazer teatro. Joachim talvez possa me arranjar um trabalho."

"Você desistiu de fazer a Cordélia?"

"Está demorando demais a começar."

"Você precisa ter um pouco de paciência."

"Talvez a peça nem seja montada."

"Quer que eu verifique?"

"Não é preciso. Amanhã mesmo vou ligar de novo para o diretor."

Ele apoiou o rosto na mão, respirou fundo. "Sobre o que você e Joachim conversaram?"

"Falamos sobre teatro."

"Não precisa esconder nada de mim. Você sabe que a compreendo. Joachim veio lhe fazer algum convite?"

Senti minhas faces avermelhadas. "Sai!, Hamlet, sai!", empurrei o gato que pulara em meu colo e corri para o banheiro; bati a porta. Ouvi o toque suave dos nós dos dedos de Gustavo na porta.

"Por que você tem medo de me contar as coisas?", ele perguntou, por detrás da porta. "Você está se escondendo de mim. Não tenha medo de me falar a verdade."

Encostei a boca na fresta estreita da porta, apertei as mãos e o corpo contra a madeira fria. Enchi-me de coragem para falar.

"Joachim veio me convidar para trabalhar numa peça dele que o Fernandes vai dirigir."

Ficamos em silêncio. Virei-me de costas para a porta, e vi meu rosto, meu pescoço, meus ombros refletidos no espelho. Imaginei-me vestida como a Vanessa, numa saia drapeada ampla de veludo, os seios pulando fora do corpete, chapéu de plumas e flores, véu sobre o rosto; era assim que se vestiam as mulheres daquele tempo?

"Você pode fazer a peça que quiser, querida. Mas... o Joachim é... ele pode ser uma pessoa perigosa. Sei muitas coisas a respeito dele, coisas que não posso lhe contar. Abra a porta, Bambi."

"Você está inventando isso para eu ficar com medo do Joachim e não fazer a peça."

"Você mesma me disse que tinha medo dele."

"Ele não é um assassino."

"Eu não disse que ele é um assassino. De onde você tirou essa idéia? Eu disse apenas que ele pode ser perigoso para você. Apenas isso. Pode fazer algum mal a você, compreende? Para me atingir. Uma vez tivemos uma briga, uma discussão, para ser mais exato, e ele me odeia. Por favor, Bambi, abra a porta, não posso ficar aqui esperando a noite inteira. Você não é mais uma criança."

"Não acredito em nada disso. Você acha sexo sujo. Por isso não gosta das coisas que o Joachim escreve."

Gustavo ficou calado. Imaginei-o passando a mão na barba. "Escute, querida, eu não quero impedir você de fazer teatro, prometi-lhe que seria assim e assim será, de uma vez por todas entenda isso e acredite em mim. Não acho sexo sujo, e na verdade as coisas que o Joachim escreve são boas, ele é puro e franco em suas revelações pessoais. Mas ele é o meu oposto, ele trabalha demolindo e eu trabalho reconstruindo, por isso sinto-o como um adversário. Você está insatisfeita comigo, Bambi? Você acha que não lhe dou prazer suficiente?"

"Você não é mais como antes. Você está cansado de mim."

"Este é um caso típico de projeção. *Você* está cansada de mim."

"Não, não estou cansada de você. Estou cansada de mim mesma. Quero voltar ao teatro. Você me enganou quando disse que eu iria fazer a Cordélia. Foi uma armadilha. Vivo trancada neste apartamento, dona Mercedes é uma espiã, vigia todos os meus passos e conta tudo para você. Não posso ir a nenhum lugar sem que o seu motorista fique me espionando. Você disse que eu podia fazer teatro, mas não fiz mais nada, você sempre dá um jeito de fazer com que eu me tranque neste apartamento, marca encontros comigo e não vem, eu fico esperando, esperando."

"Não fale assim. Quero apenas o seu bem. Você pode ir onde quiser, se meu motorista a está incomodando, mando-o embora. Apenas eu queria lhe dar um pouco mais de conforto e segurança. Mas se você prefere andar de táxi não me oponho, faça o que quiser. Você é livre."

"Não, não sou nada livre. Tenho medo de lhe dizer que quero fazer a peça do Joachim. Isso é ser livre?"

"Eu vou embora, Bambi, vou para casa. Acho que você está querendo ficar sozinha."

Houve um silêncio entre nós. Ouvi o choro agoniado de um bebê, distante.

Olhei-me mais uma vez no espelho, meu nariz avermelhado, os olhos derramando lágrimas grossas. Abri lentamente a porta e deixei que Gustavo me abraçasse.

"Arrume suas coisas, venha morar comigo", ele disse.

"Eu não gosto daquela sua casa. Também não gosto daqui. De quem são as roupas que estão no armário desde que cheguei aqui? De quem são aquelas roupas de teatro?"

Gustavo hesitou antes de responder. ''São suas. Eu as tinha comprado pensando em você. Desde que a vi na confeitaria desejei que você me procurasse. Imaginei seu corpo, fui numa loja e comprei aquilo tudo. Nunca amei ninguém verdadeiramente, antes de conhecer você, Bambi.''

8

Não arrumei minhas coisas e não fui morar na casa de Gustavo, disse-lhe que preferia ficar ali, eu não podia deixar dona Mercedes sozinha, tínhamos nos apegado muito uma à outra, como se fôssemos mãe e filha. Também não gostava da comida da casa dele, cheia de molhos, nem dos cachorros bravos, do mordomo que me tratava como uma estranha, nem dos alarmes que podiam disparar, das roupas da mulher dele no closet e nem dos quartos intactos dos filhos dele, ou de dormir na mesma cama onde ele dormira com a mulher. Nem das pernas mecânicas no armário, que me davam ainda mais medo que as almas de minha mãe; mas isto eu não falei.

"Podemos construir uma outra casa para nós, se você quiser."

Fizemos amor no quarto. Ele estava muito carinhoso e quando acabamos disse que queria me proteger, um perigo me ameaçava, eu devia observar o mundo com olhos bem atentos, descobrir quem eram realmente as pessoas em torno de mim. Levantou-se da cama, disse que voltaria na noite seguinte, recomendou-me que não fizesse nada sem conversar antes com ele. Fechou a porta com cuidado e foi embora.

Passei aquela noite quase sem dormir, olhando meus pés na cama, refletindo sobre as palavras de Gustavo, sobre a morte de Lili e pensando nas fotos dela. Eu não tinha mais aquela revista, onde a teria perdido?, desaparecera num momento qualquer, sem que eu percebesse. Eu nunca tinha visto uma pessoa morrer. Nunca tinha visto de perto uma pessoa morta. O Professor estava morto. De que ele morrera?, minha mãe não dissera nada na carta. Talvez de um ataque no coração. Poderia ter sido morto num assalto, ou ter se suicidado — mas como iria se suicidar com aquelas mãos trêmulas? O Professor dava aulas de literatura numa escola. Eu o conhecera no teatro onde meu pai trabalhava. O Professor foi uma noite assistir a uma peça e no final se dirigiu aos bastidores, para fazer uma encomenda de carpintaria a meu pai. O Professor era um homem arqueado que usava um colete sob o paletó, e gravata-borboleta. Parecia saído de um tempo antigo. Havia nas ruas de São Luís alguns homens como ele, que viviam nos sobrados, mas eram figuras cada vez mais raras. As mãos do Professor tremiam apenas quando estavam em repouso. Seu rosto parecia uma máscara, paralisado numa expressão triste; seus passos eram vacilantes. Aproximou-se de mim, disse que eu estava forte para ter apenas doze anos, perguntou-me por meu pai, deu-me uma nota de dinheiro e foi embora. Alguns dias depois, vi-o encostado a um balcão do bar perto de onde eu morava, olhando para a porta de minha casa. Depois disso ele era sempre visto ali, na capela, na padaria, ou mesmo ajudando minha vizinha a abrir a porta de sua casa. Numa noite ele estava naquele mesmo bar, conversando com meu pai, quando passei. Suas mãos tremiam. Meu pai o ouvia, concentrado. Na manhã seguinte papai chamou-me na cozinha e tomando seu mingau disse-me que tinha arranjado um professor para mim. Fiquei surpreendida, pois papai nunca me deixara estudar. Mas logo fiquei sabendo do que se tratava: o Professor queria se casar comigo e eu devia me ilustrar para não ser uma esposa muito ignorante. Disse a meu pai que nunca me casaria com aquele homem repugnante, talvez não com estas palavras, pois papai não me deu nenhum tapa na boca. Mamãe beliscou meu braço e me levou para o quintal. Disse que o Professor dava dinheiro para meu pai, que era rico e ia morrer logo, que eu herdaria seus bens. As aulas começaram em seguida. Mas um dia o Professor tentou me beijar. Como era alto, teve que se curvar para encostar em meu rosto. Seus lábios tinham a textura da pedra, pensei naquele instante, talvez porque ele estivesse me dizendo que o teatro grego era representado em arenas de cascalho. Se eu tivesse ficado em São Luís, casada com o Professor, como seria então minha vida, hoje? Uma viúva num sobrado, com dinheiro, sozinha, livre para fazer o que quisesse. Teria minha mãe razão em seus conselhos? Estaria eu fazendo as coisas de maneira equivocada?

Gustavo sempre me dissera que eu devia confiar em meus sentimentos. E algo me dizia que eu estava certa. Que podia confiar em Joachim, embora não soubesse nada sobre ele. Aparecera em minha vida como uma sombra. Subitamente uma lembrança penetrou meus pensamentos, como uma pedra que cai na superfície de um lago e torna o reflexo confuso, e essa pedra fez com que minhas dúvidas sobre as palavras de Gustavo se apagassem por um instante. A moça da prancheta, a assistente de direção de Petrovski, me dissera que era melhor eu não me aproximar de Joachim. Por que ela falara isso? Não era apenas Gustavo, por ciúmes, quem me alertava contra Joachim. Talvez fosse mesmo um homem perigoso. Eu não ia sair com ele, na manhã seguinte; esta era a minha decisão. Joachim não gostava de Gustavo; talvez estivesse se aproximando de mim apenas para feri-lo. Sim, talvez fosse isso. Havia tantas atrizes talentosas e experientes. Por que ele se fixara em mim? O que ele esperava de mim? Onde queria me levar, às nove horas da manhã? Senti meu corpo frio e me cobri com a manta de lã. Mesmo aquecida, não consegui dormir. De madrugada me levantei e fui olhar a rua pela janela da cozinha.

Poucos carros passavam, velozes, ignorando os sinais. Olhei o verde que se apagava e o vermelho que se acendia e se apagava e o verde que se acendia e se apagava e o vermelho. As ondas do mar iam e voltavam, iam e voltavam, em vagas pequenas, em vagas grandes. A Lua passou por detrás de uma nuvem, apareceu, escondeu-se, depois reapareceu, sumiu mais uma vez. O vento balançava as folhas das amendoeiras que iam e vinham, iam e vinham, iam e vinham. Sentei-me nos degraus do jardim-de-inverno. Chorei sem fazer nenhum barulho, até que Hamlet me olhou, intrigado, com pena de mim, esperando que eu fosse deitar-me na cama com ele.

Minha mãe dizia que observássemos as estrelas para ler nosso futuro; olhei para cima. Entre algumas nuvens, avistei cinco estrelas em forma de cruz. O que aquilo significava? Que eu iria sofrer muito? Que eu iria morrer? Hamlet miou e voltei para o quarto.

Deitei-me e adormeci, mas sonhei com Gustavo; um pesadelo, ele me perseguindo por um labirinto de ruas, com uma arma na mão. Às vezes o rosto dele se transformava no de Joachim. Acordei suada, com o barulho estridente do despertador. Eram oito e vinte. Senti falta do suco de laranja que dona Mercedes punha na mesa de cabeceira para eu tomar quando acordasse. Vesti um roupão e fui à cozinha.

Estava estranhamente silenciosa, vazia, arrumada. Chamei por dona Mercedes mas ela não respondeu. Bati em seu quarto e o mesmo silêncio permaneceu. Abri a porta.

A cama dela estava arrumada, umas almofadas colocadas contra a parede. A cesta de roupas limpas estava num canto, com o ferro de passar roupa em cima, o fio cuidadosamente enrolado. Uma pequena pilha de roupas dobradas tinha sido deixada sobre a prateleira. Não vi as sandálias azuis de borracha que dona Mercedes sempre esquecia em algum canto da casa. Tive um triste pressentimento e abri o armário. Estava vazio.

Decerto ela escutara meus gritos no banheiro, me ouvira acusando-a de ser uma espiã de Gustavo e ficara magoada com minha ofensa. Senti-me injusta, covarde, má. Joguei-me na cama dela. Tudo estava ruindo em torno de mim. Eu não sabia por quê. Não sabia o que estava fazendo de errado. Eu apenas queria fazer teatro, e isso parecia ser o fim daquele mundo. Para viver ali, naquela paz que Gustavo me proporcionava, eu tinha que abdicar de meus sonhos. Senti um cheiro bom de sabonete. Percebi, pela primeira vez, o quanto era pequeno e abafado o quarto de dona Mercedes, sem nenhuma janela. Eu nunca tinha entrado ali. Ao lado da cama ficavam as vassouras, a enceradeira, a tábua de passar roupas, que ocupavam o resto de espaço que havia. Abri a porta do banheiro. Era um cubículo onde mal se podia tomar um banho, com uma pia tão minúscula que apenas mãos pequenas como as de dona Mercedes poderiam ser lavadas ali. Subitamente algo no chão atraiu meus olhos: uma mancha azul. Era o par de chinelas de dona Mercedes. Ela o esquecera mais uma vez.

VII

1

Estava um dia luminoso, quente, de começo de verão. Não vi o motorista de Gustavo na portaria de meu prédio mas, em vez de me trazer alívio, sua ausência me deixou apreensiva. Caminhei alguns quarteirões e logo avistei Joachim em pé na calçada, encostado a um poste, como se estivesse me esperando havia muito tempo. Olhei o relógio em meu pulso: nove horas em ponto.

"Você merece a fama de pontual que tem", ele disse.

"Foi o Petrovski que me ensinou a chegar na hora. Uma vez cheguei atrasada a um ensaio e ele quase me matou."

As palavras de Gustavo flutuavam em minha mente e eu tinha a sensação de que um vento as trazia de uma montanha coberta de neve. Joachim fez sinal para um ônibus; deu-me a mão para me ajudar a subir os degraus.

"Aonde vamos?", perguntei, quando nos sentamos nos bancos.

"Ao Jardim Zoológico. Gustavo sabe que você saiu comigo?"

"Não."

A cidade passava pela janela, as grades das lojas ainda arriadas. Vi o restaurante de comida a peso, a loja de seu Fred com as vitrines tapadas por folhas de jornal.

"Veja, eu trabalhei naquela loja", mostrei-a para Joachim. Ele procurou com os olhos o que eu indicava. "Aquela. Sem nada nas vitrines."

"Ah. Era uma loja que vendia o quê?"

"Roupas íntimas para mulheres."

Ele ficou olhando a loja passar pela janela, talvez imaginando uma trama para alguma peça, pois tirou um pequeno caderno do bolso e fez anotações, guardando-o em seguida.

O que acontecera? Talvez seu Fred tivesse se mudado dali; talvez tivesse morrido. Eu o tinha achado um pouco abatido, na última vez em que o vira. Rememorei alguns momentos passados com seu Fred. Ele nunca via a si mesmo; era um espectador bizantino: quando não dormia e roncava diante da vida, empenhava-se em apontar erros cometidos pelos outros. Nas comédias vulgares, ao contrário, entregava-se com paixão às gargalhadas. Compreendia a caricatura da vida, mas não a própria vida com suas imprevisibilidades. Talvez o mesmo espectador fosse diferente diante de cada espetáculo. Gustavo não era nem *naïf* nem bizantino. Não se entregava à remota ingenuidade infantil, tampouco fazia críticas. Apenas observava e tentava me fazer também observar e compreender o que eu via. Eu não o conhecia, esta era a verdade. Ele era um espectador de minha vida, e entre nós havia a quarta parede. Durante séculos o teatro ficou paralisado atrás da quarta parede, os atores fingiam ignorar a presença do público, como se ele não existisse. Gustavo interrompia sua própria vida para viver a minha vida, e decerto também a de seus pacientes. Na verdade, *ele* era o ator e quem estava atrás da quarta parede, da parede invisível que separava o ator do espectador, era eu, não ele. A vida não precisava de um público, dizia Fernandes. Mas as pessoas precisavam de um teatro qualquer. Gustavo cercava-se das roupas e dos objetos pessoais das mulheres que o haviam abandonado — Tamar, sua filha —, também os de seu filho; mantinha os quartos intactos. Então compreendi o significado daquilo tudo, e também o das roupas e figurinos que ele comprara logo que nos conhecemos na confeitaria, uma espécie de reconstituição teatral para fixar as presenças que flanavam em sua mente, para materializar seus desejos e diluir suas frustrações. Compreendê-lo melhor me encheu de ternura por ele. Foi só nesse momento que perdi o medo dos quartos intactos. O medo de Gustavo. Senti que Joachim me olhava.

"Você acha que eu devia contar para Gustavo sobre nosso passeio?"

"Você é quem sabe", ele respondeu.

"Você contaria para sua namorada?"

"Não."

"Você tem namorada?"

"Tenho uma amiga."

"Ela faz teatro?"

"Não, não faz teatro. É uma mulher casada. Mas vou me separar dela. Vou dizer a ela que não iremos mais nos encontrar."

"Por quê?"

"Ela é um pouco fútil, seu mundo gira em torno de vestidos de seda e brincos. Fica uma hora na frente do espelho sŏ para pintar os lábios de batom, com um pincelzinho."

"E por que você se encontra com essa moça?"

"Por causa do corpo dela, um corpo de beleza fulgurante. Seios redondos e pele branca como leite."

Fizemos o resto do trajeto em silêncio. Eu percebia que, embora ele olhasse pela janela parecendo admirar a paisagem, estava pensando na outra mulher, talvez procurando a melhor maneira de dizer-lhe que não iriam mais se encontrar, ou então pensava nos seios dela, nas coxas dela, na bunda dela, no corpo todo dela dentro de uma pele branca como leite. Eu olhava o perfil de Joachim e às vezes batia com o cotovelo no seu braço, tentando tirá-lo de seus pensamentos; ele me olhava, sorria e depois ausentava-se de novo.

Cruzamos uma ponte sobre a estrada de ferro onde, numa estação, pessoas pobres e morenas de roupas sem viço esperavam o trem; chegamos a um grande parque com árvores frondosas.

Um grupo de crianças em uniformes de escola esperava à entrada do Jardim Zoológico. Havia uma certa balbúrdia de vendedores que montavam suas barracas, ou abriam seus trailers. Um sujeito vestido de palhaço, que vendia marionetes, sentava-se encostado a um tronco. Os pássaros faziam sua algaravia matinal. Acima do guichê estava escrito o preço do ingresso. Outro cartaz de madeira anunciava que era proibido entrar com rádios, bicicletas, skates, patins, bolas e animais. Crianças de menos de um metro e velhos não pagavam o ingresso.

"Eu podia ser seu avô", ele disse.

Entramos pelo portão. Havia uma loja de lembranças, fechada; um viveiro de pássaros; uma estátua de pedra de uma caçadora a segurar os chifres quebrados de um veado e tirando, com a outra mão, uma flecha de um estojo pendurado nas costas; uma mulher musculosa, de pernas fortes, seios pequenos. Achei estranho que houvesse a estátua de uma caçadora na entrada de um jardim zoológico.

Dobramos à esquerda, na direção dos macacos. *Não irrite os animais*, dizia uma placa. Era sábado, quase dez horas da manhã, e havia pouca gente.

Paramos diante da jaula dos babuínos sagrados, que corriam como adolescentes; um macho mordia uma fêmea. Eram bichos brincalhões, não pareciam sofrer com a reclusão.

"Darwin tem razão", disse Joachim. "Veja se este babuíno não é nosso antepassado."

O grupo de escolares passou por nós, a professora atrás, se divertindo tanto quanto as crianças.

Na jaula do mandril, vimos um animal angustiado, que dava guinchos. Joachim disse que os grandes primatas eram muito feios, iguais às pessoas. "Quanto mais velho, mais feio." Eu estava alegre, despreocupada, distante de meu mundo. Joachim também parecia feliz, parava diante das jaulas e observava os animais, depois emitia opiniões engraçadas.

"O chimpanzé tem dignidade, ele é o meu antepassado: feio e digno. É um macaco de cinema. Prestou atenção ao grito dele? Não pareceu o de um sujeito bêbado? Vamos ler aqui", e me puxou pelo braço até diante de uma placa, "*Pongidae*, come frutas e folhas, floresta equatorial, África, gestação de duzentos e setenta dias, como a dos humanos; veja, ele foi adotado por um hotel, por isso vive feliz, morando numa suíte do Sheraton. O pessoal gosta de Tião, veja só como olham para ele. As pessoas se sentem atraídas por este macaco, ele é um ser ameaçador, mas de maneira contida. Tem a graça de uma bailarina, às vezes. Veja, está olhando um pássaro."

"O Tião é famoso porque se masturba na jaula. Ele vai se masturbar agora?"

"Ele só toca punheta para mulheres louras."

"As suas mãos parecem as daquele macaco."

"As minhas são mais peludas e desajeitadas."

"Fale-me sobre você."

"Sou parecido com aquele macaco."

"E quando você era criança?"

"Eu era um menino maníaco. Vivia calado, metido com os livros. A presença de seres humanos me incomodava."

"Você conhece muitas pessoas que morreram?"

"Bambi, você não tem idade para ficar pensando nessas coisas. Vamos ver os jacarés?"

"Eles comem seus próprios filhotes, é preciso tirá-los de perto logo que nascem."

"Veja aquele macaco mamando no peito da mãe."

"Sabe que o Gustavo suspeita que você matou a Lili?"

Ele parou de repente. Virou-se para uma jaula, de forma que não pude ver seu rosto.

"Por que você não diz nada?", perguntei.

Ele se virou para mim. Tinha uma expressão contida, que me fez sentir um calafrio.

"Você acreditou, Bambi?", perguntou.

"Não, claro que não."

"Obrigado. Quer ir embora?"

"Não. Vamos passear mais um pouco."

Ficamos parados diante da jaula, em silêncio. Eu pensava em por que havia dito que Gustavo, e não eu, tinha suspeitas de que ele matara Lili. Creio que não teria coragem de dizer que essa idéia maluca havia brotado em minha própria cabeça.

O cheiro que o macaco exalava era profundo, de palha com fezes secas. Ele nos lançou um olhar que me lembrou o de dona Mercedes, um olhar de perplexidade e aceitação dos mistérios do mundo, de alguém que não tem segredos. Fiquei pensando se dona Mercedes tinha segredos. Lembrar-me dela, de sua ausência, de que talvez tivesse ido embora para sempre, pensar que eu estava ali escondida de Gustavo, me trouxe a sensação de que eu ia numa direção errada.

"Todo mundo tem segredos?", perguntei.

"Todo mundo", disse Joachim. "Esse macaco tem qualquer coisa feminina." O chimpanzé tirou algo da axila e pôs na boca. Levantou o queixo, tinha um pescoço pelado, cor-de-rosa com manchas cinzentas. Sentou-se como um ser humano. Não estava sempre se segurando com as mãos. Subitamente andou ereto, balançando os braços alternadamente em relação às pernas, com as costas retas e o peito estufado. Cruzou a jaula e parou na frente de uma mulher gorda, de trança grossa até a cintura e um diadema de strass na cabeça.

"Ele gosta de mulheres gordas", disse Joachim. "Veja como olha para ela."

"Dizem que ele foi candidato, numa eleição para prefeito da cidade."

"Era um bom candidato, daria um bom político. Se colocassem uma mesa cheia de botões para ele apertar, faria um bom governo."

O macaco cruzou novamente a jaula, dessa vez andando com apoio dos braços. "Veja", disse Joachim, "ele volta ao passado, em um segundo ele retorna milhares de séculos e anda de quatro. Por quê?"

"Ele não tem rabo", eu disse.

"Por isso os militares não se incomodavam de ser chamados de gorilas, eles diziam: somos gorilas com muita honra, não temos rabo nem chifre." A tensão do momento anterior se dissipou completamente. Rimos bastante e seguimos para a seção seguinte.

"Você é muito boba", ele disse. Caminhamos algum tempo em silêncio, diante das jaulas dos felinos, até que ele me fez parar.

"Sabe por que trouxe você aqui?", perguntou.

"Porque você gosta de animais."

"Trouxe-a para ver esta leoa." Ele apontou uma jaula onde um leão deitado olhava com tédio para o infinito. Sua fêmea caminhava de um lado a outro, lânguida.

"E por que você quer que eu veja essa leoa?"

"O nome dela é Vanessa, e por causa dela chamei a personagem da peça de Vanessa. Sabe que tenho desejo sexual por essa leoa?"

"Você é engraçado", eu disse. "Por que o Gustavo não gosta de você? O que aconteceu entre vocês?"

"Ele deve ter suas razões."

"Uma moça me disse que eu nunca me aproximasse de você. Por que ela disse isso?"

"Não sei. Também deve ter seus motivos."

"Seu pai era um grande industrial?"

Joachim pensou um breve instante. "Meu pai começou como garçom."

"Você já teve um carrão preto?"

"Sim, um Galaxie. Vamos nos esquecer do mundo e suas intrigas?"

"Está bem, vamos."

Passamos diante de um urso que mexia o nariz, melancólico e cômico, parecia um velho italiano a quem já tiraram os dentes, disse Joachim.

Saímos do Jardim Zoológico. Joachim comprou um grande tufo de algodão de açúcar cor-de-rosa que parecia saído de um sonho infantil.

"Você decidiu se vai aceitar o papel da Vanessa?", perguntou, quando paramos no ponto de ônibus.

“Não decidi ainda. Vou ligar hoje à tarde para o outro diretor, o do *Rei Lear*, para saber como vão os preparativos. Vou refletir um pouco e em seguida telefono para você.”

“Se quiser conhecer minha casa... Podemos tomar alguma coisa hoje à noite, em minha casa.”

“Hoje não. No domingo que vem, à noite, pode ser? Sem ser amanhã, o outro domingo.”

“Sim, claro.”

2

Ao chegar em casa vi no corredor, diante da porta, um rapaz sentado sobre uma mala enorme, preta, surrada, com uma sacola no colo, os bicos dos pés juntos, como os de uma criança tímida.

"Manuel!", disse, ao reconhecer meu irmão. "Como você veio parar aqui?"

"Eu mandei uma carta avisando. Você não recebeu minha carta, Bambi?"

"Não."

"Pensei que você ia estar me esperando na rodoviária. Fiquei lá um tempão, mas você não apareceu."

"Ah, perdoe-me, por favor, eu não sabia que você vinha. Que bom você estar aqui, que bom mesmo." Dei um beijo em seu rosto. "Mas não vamos ficar aqui a manhã inteira. Vamos entrar."

"Já é meio-dia. A manhã acabou."

Tirei a chave da bolsa e abri a porta. O apartamento parecia um deserto, sem a presença de dona Mercedes. Na cozinha, uma pilha de louça do café da manhã precisava ser lavada. Hamlet miou, perto do prato de ração.

"Ah, coitado do meu gatinho, esqueci de deixar comida para ele, veja como sou descuidada." Enchi a vasilha com ração. "Vamos para a sala?"

Manuel olhava o gato, absorto. Empurrei a mala preta pelo corredor até um dos quartos.

"Como vai você?", perguntei, ao nos sentarmos no sofá.

"Bem."

"Como foi a viagem?"

"Muito longa. Parecia que eu estava fazendo a volta ao mundo. Eu fiz a volta ao mundo?"

"Sim, fez."

Olhei os pés de meu irmão; seus sapatos singelos amarrados na gáspea, comprados especialmente para a viagem, denunciavam a importância que Manuel atribuía ao fato de me rever, de vir à cidade grande, de ver as pessoas elegantes da metrópole. Pensei nos sapatos sujos, de nossa mãe.

"Papai largou a gente", disse Manuel. "Está morando com uma daquelas meretrizes e não trabalha mais no teatro. Mamãe fez cinqüenta e nove anos no mês passado, você se esqueceu do aniversário dela."

"Ela ainda faz aqueles passeios intermináveis? Ainda vê as almas?"

Ele demorou a responder. "Mas ela mudou."

"Mudou como?"

"Ela olha para mim como se eu fosse transparente."

"Mamãe sempre foi assim. Os olhos dela parecem de vidro."

Ficamos alguns instantes calados, ambos com a mão diante da boca e o cotovelo apoiado no braço da poltrona, olhando para o chão.

"Ela está mais conformada de eu ter fugido de casa?", perguntei.

"Você sabe como ela é teimosa."

"É, sei."

"Você recebeu a carta, não foi?"

"Recebi."

"Você se aborreceu muito com aquela carta?"

"Um pouco. Desculpe estar falando sobre essas coisas. Não quero estragar seu passeio."

"Você pode falar o que quiser comigo, Bambi."

"Vocês têm conversado sobre mim?"

"Mamãe muda de assunto. Ela está louca."

"Por que você diz isso?"

"Estou achando que vou morrer, e não posso deixar de contar a verdade."

"Que verdade?"

"Sobre aquela carta. Mamãe nunca quis escrever carta nenhuma para você. Fui eu quem escrevi, ela nem sabe que eu escrevi aquela carta, ela nem quer saber se você existe ou não, nem liga para você ter fugido de casa, só tem raiva mesmo é porque você roubou o dinheiro dela. Mamãe está louca."

Manuel se virou de costas.

Fiquei impassível, embora minha cabeça estivesse confusa e meus sentimentos embaralhados. "Ela... recebeu o dinheiro que mandei? E os presentes?", perguntei.

"Estou com fome. Não comi nada hoje."

"Ah, vou fazer uma macarronada para você, quer?"

"Quero."

"Você pode esperar um pouco? Preciso dar um telefonema."

"Estou com fome."

"Coma uns biscoitos na cozinha, ou um pedaço de queijo, abra a geladeira e escolha alguma coisa."

Manuel foi para a cozinha. Percebi que caminhava mais devagar que antigamente. Seus olhos também se moviam lentos, como se fossem pesados.

Liguei para a casa de Gustavo, às vezes ele não trabalhava aos sábados. Ele mesmo atendeu ao telefone.

"A dona Mercedes foi embora", eu disse. "Acho que ela ficou zangada com o que eu disse."

"Ela está aqui comigo, Bambi."

"Ah! Ela está zangada? Foi por causa do que falei? O que posso fazer para ela me perdoar?"

"Estou convencendo-a a voltar. Como você está se saindo, sem ela?"

"Mais ou menos. Sabe, o Manuel está aqui, o meu irmão."

"Ah, por isso você saiu de casa hoje tão cedo?"

"Eh... sim. Fui buscá-lo na rodoviária. Não, não é verdade, fui ao Jardim Zoológico com o Joachim e quando cheguei o Manuel estava me esperando na porta."

Fez-se um longo silêncio.

"Ele queria me mostrar a leoa, sabe, ele se inspirou na leoa para criar o personagem da peça que ele quer que eu faça."

"Você vai fazer a peça?"

"Quero discutir este assunto com você."

"Vou marcar um encontro com o diretor do *Rei Lear*, você está disposta a ir comigo para conversarmos?"

"Claro. Pode marcar quando você quiser."

"E seu irmão?"

"Ah, não tem nenhum problema. Acho que ele pode ficar sozinho, acho que sim."

Voltei para a cozinha. Manuel estava parado diante da porta aberta da geladeira, olhando, imóvel, da mesma maneira como olhava pelas janelas para dentro das casas.

"Eu estava falando com o Gustavo, você se lembra dele?, é aquele meu amigo de quem lhe falei na carta."

Fiz com que Manuel se sentasse à mesa e pus em sua frente um prato com queijos, outro com uvas, ameixas e nectarinas e uma cesta com pães.

"Coma", eu disse. "Vou preparar o macarrão."

Joguei alguns tomates numa panela com água.

"E o Professor? De que ele morreu?"

"Ele subiu na mangueira de nossa casa e se jogou lá de cima."

"Ninguém morre se jogando daquela mangueira, não é tão alta assim."

"Mas ele caiu com a cabeça numa pedra. A cabeça se abriu como uma melancia. Sabe o que tinha dentro da cabeça dele? Uma ferradura de cavalo."

Os tomates giravam dentro da água fervente. Bolhas de ar surgiam do fundo, contornavam os tomates, subiam à superfície da água. A pele de alguns tomates se rachava, com o calor. Aquelas formas vermelhas pareciam retiradas de dentro do corpo humano. Com uma escumadeira selecionei os tomates que já tinham se partido e os coloquei numa vasilha. Uma fumaça se desprendia, fina, limpa. Quando todos os tomates foram recolhidos, retirei deles a pele e as sementes, sentindo um forte calor nos dedos; amassei a polpa numa panela, joguei alguns temperos e pus tudo sobre o fogo. Manuel, em silêncio, olhava as nectarinas na fruteira. Segurava uma fatia de pão, ainda intacta.

"Sabe, Manuel, o Gustavo é dono de uma clínica de tratamento de doenças mentais. Você não quer conhecê-lo?"

"Para quê? Eu já conheço, conheço os psiquiatras, eles são todos iguais."

"Você teve outras crises, depois daquela?"

"Crise? Crise de quê? Quero ir embora."

"Vamos comer o macarrão. Estou agora colocando a massa para cozinhar, o molho está quase pronto."

"Quero ir embora."

"Espere um pouco, está bem? Vamos comer."

Ele mergulhou num silêncio e numa lentidão que eu conhecia muito bem. Comemos o macarrão sem nos olharmos. Quando terminamos, limpei sua boca com um guardanapo e pus um cacho de uvas num pires para ele comer.

O telefone tocou. Era Gustavo, dizendo que iríamos jantar com o diretor da peça, naquela mesma noite.

"Será que a dona Mercedes não pode voltar? Quem vai ficar aqui com meu irmão? Ele... ele está querendo ir embora, tenho medo de que faça alguma tolice."

"Dona Mercedes foi embora para a casa da filha, mas não se preocupe, ela não está aborrecida com você, tivemos uma longa conversa. Ela vai voltar. Vou mandar uma enfermeira da clínica para ficar aí com seu irmão, está bem assim?"

"É, talvez seja a melhor solução."

"Passo aí de noite, para pegar você."

3

O sol se punha com todo o esplendor, como se fosse uma cerimônia de boas-vindas a meu irmão. Mas Manuel o ignorou, preferia olhar seus dedos ou as pedras da calçada. Estávamos sentados lado a lado, nos degraus da calçada da praia.

"Quer um sorvete?", perguntei.

"Não."

Manuel levantou-se, tirou os sapatos e caminhou pela areia, olhando para trás, onde ficavam suas pegadas. Fez desenhos com os dedos dos pés, longas tiras, círculos dentro de círculos, linhas sinuosas, até chegar à beira das ondas. O mar estava calmo, a espuma chegava quase desmanchada aos pés de meu irmão. Ele ficou parado um longo momento, olhando talvez um navio que passava muito longe, quase transparente, encoberto por uma bruma que eu não sabia se era de gotículas de água ou de raios de luz. Então ele ajoelhou-se e passou a catar conchas na areia, conchas pequeninas e quebradas, alvas, parecidas com unhas ou com cacos de vidro. Manuel pegava uma ou outra concha e a punha na boca. Tive um impulso de correr para ele, tomar-lhe as conchas para que não as comesse como uma criança pequena; mas ele não as engolia, cuspia-as para longe. Com sua roupa preta colada ao corpo, um pouco desbotada, parecia um animal, talvez um urubu — diria, por causa do preto sujo das roupas —, talvez uma cobra naja prestes a dar um bote, diria pela contração de sua barriga, por seus braços estarem neste momento encostados ao tronco recurvado, e por sua cabeça grande. Pensei que ele talvez fosse um poeta do futuro, um grande poeta, que algum dia teria a admiração das pessoas. Mas as poesias dele eram uma sujeira que ele queria expulsar de dentro de si. Se tivesse tempo e forças para se livrar de sua lama, da lama de nossa rua onde chafurdava os pés, da fome, da dor de dentes, dos mosquitos, das pancadas de nosso pai, talvez ele se tornasse um poeta admirável. Se fugisse naquele navio transparente para um lugar bem distante, bem longe da escuridão e da imobilidade em que se deixava afundar, talvez se tornasse um verdadeiro poeta.

Olhei meus pés limpos. Minhas pernas não tinham mais vestígios das picadas de mosquitos. Minhas mãos agora eram macias e meus cabelos brilhavam.

"Manuel!", gritei por seu nome e acenei quando ele me olhou. Bati com os dedos no relógio em meu pulso, para mostrar que estava na hora de irmos embora. Ele caminhou ajoelhado, um pequeno trecho, depois se levantou e veio até mim.

"Gostou das conchas?", perguntei.

"São iguais à areia."

"Precisamos ir embora. Está escurecendo."

No caminho de casa, perguntei-lhe se ele não se importaria de eu sair naquela noite.

"Quero ir embora", ele disse.

4

Severino Colli, o diretor, era um jovem formal que usava terno e gravata. De pequena estatura, ficava quase escondido pelo copo de cerveja que bebia devagar. Falava pausadamente sobre sua idéia da montagem do *Rei Lear*. Disse-me que apreciara meu desempenho como Bambi, embora não gostasse dos textos de Joachim, e que ficaria contente de me ver como Cordélia. Mas eu já não me sentia mais uma Cordélia; Vanessa tinha se apossado de mim. Severino se desculpou pela demora do começo dos ensaios, mas tinha havido um problema com um dos patrocinadores, seria uma montagem cara com muitas dúzias de figurantes na cena da batalha, um figurino suntuoso, grandes atores nos papéis principais e o teatro teria que ser adaptado para a montagem, tudo isso fazia com que as coisas caminhassem lentamente. Ofereceu-se para assinarmos um contrato pelo qual me pagaria uma quantia, ''não a que a senhorita merece, evidentemente'', para que eu esperasse o início dos ensaios, quando passaria a receber o justo pagamento.

''Mas quando, finalmente, vão começar os ensaios?'', perguntei.

''Não há uma previsão exata. Talvez no próximo mês, ou no outro, o mais tardar.''

Disse-lhe que tinha recebido um convite para atuar em outra peça e que preferia correr o risco de não estar livre quando começassem os ensaios. "Você compreende, não? Estou parada há muito tempo, sinto saudades do palco, você compreende, não? Talvez eu tenha sorte e seus ensaios comecem ao término da peça em que vou trabalhar."

Gustavo e Severino se entreolharam. Minhas suspeitas de que havia um acordo qualquer entre eles se consolidou. Gustavo pagou a despesa do jantar. Quando nos despedimos, enquanto eu esperava no carro, na frente do restaurante, os dois trocaram à parte algumas palavras. Em seguida Severino meteu na janela seu rosto redondo ornado por cabelos muito bem penteados; seu perfume penetrou no automóvel.

"Peço-lhe que espere apenas mais uma semana, e lhe direi a data exata do início dos ensaios", ele disse. "Então a senhorita decide, está bem assim?"

"Está bem. Vou esperar. Obrigada."

O automóvel cruzou a avenida Atlântica. Gustavo segurou minha mão e disse que eu agira de maneira muito sensata; que tinha confiança em mim, que eu saberia escolher o melhor, que o papel de Cordélia naquela montagem tão bem cuidada me daria muito mais prestígio e abriria para mim perspectivas mais sólidas; as carreiras que se construíam devagar eram sempre mais bem consolidadas, as atrizes que surgiam de repente e que se deixavam usar pelos jornais e televisões corriam o risco de cair no ostracismo com a mesma velocidade com que tinham aparecido.

"Você acha que estou preparada para fazer um personagem de Shakespeare?"

"Conversei sobre isso com o Severino. Não se preocupe, o papel da Cordélia, embora importante, é pequeno, você sabe que ela só aparece no primeiro e no último atos. Não há perigo para você. Além disso, Severino é um bom diretor e vai prepará-la adequadamente."

"Sou ainda muito jovem para isso. Não tenho técnica."

"Shakespeare tem personagens muito jovens. Julieta, por exemplo, foi representada por atrizes da sua idade. Não tenha medo, você vai se sair muito bem. Confie no Severino."

"O Joachim nunca ouviu falar nesse diretor."

"Se ele disse isso, estava mentindo para você. Severino é conhecido pelas óperas que dirigiu na Argentina, com as quais teve muito sucesso."

"Eu mesma nunca ouvi falar nele."

Na verdade, Joachim nada havia me falado sobre Severino. Eu tinha este hábito — que demonstrava minha imaturidade — de colocar na boca de outras pessoas palavras que não tinha coragem de assumir como minhas. Era uma forma dissimulada de expressar meus pensamentos. Também gostava de, ao narrar um fato ocorrido comigo, mudar um pouco as coisas, incluir respostas que eu não tinha dado na realidade; dessa maneira, sentia-me aliviada por ter ficado muda num momento em que gostaria de ter dito algo.

O carro se aproximou do apartamento onde eu morava, e voltei a pensar em meu irmão.

5

Passamos os dias daquela semana em casa, Gustavo cozinhando para nós. Conversava com Manuel, fazia-lhe perguntas a seu respeito, ou sobre nossos pais. Manuel às vezes respondia algumas coisas absurdas, mas eu não dizia nada, Gustavo estava acostumado com gente como meu irmão e saberia distinguir as verdades e as fantasias.

A semana se passou, e no domingo não telefonei para Joachim a fim de lhe falar sobre minha decisão. Eu ora agia como a boa filha Cordélia, doce, carinhosa, ora me tornava dengosa e maquiavélica, como Vanessa, testando meu domínio sobre Gustavo, que era pequeno, e sobre Manuel, que era inexistente. Como fazia Vanessa para dominar os homens em sua volta?

Gustavo saía para fazer compras e voltava com sacolas cheias de delícias que preparava com requinte. Trazia comédias para vermos na televisão, flores para a casa, presentes para mim e para Manuel. Fazia um enorme esforço para demonstrar alegria, dizia coisas engraçadas, depois do jantar punha um disco, fazia-me dançar com meu irmão e ficava nos olhando. Manuel sempre falava em ir embora, e Gustavo tentava convencê-lo a ir se internar em sua clínica, dizia que era mais uma casa de repouso, muito tranqüila, tinha piscina, gente com quem ele poderia conversar, um lugar onde ele poderia fazer um tratamento. Mas Manuel recusava, convicto. Concordou, porém, em ir visitar a clínica. No dia combinado vestiu-se, nervoso, e saiu com Gustavo. Fiquei em casa esperando que voltassem. Algumas horas mais tarde Manuel chegou pálido, absorto. Durante o jantar, disse que iria embora na manhã seguinte. Gustavo e eu pedimos-lhe que ficasse mais alguns dias, mas ele jogou suas roupas e seus presentes na mala e passou a noite sentado na poltrona da sala, imóvel, de olhos abertos como a Coruja Maluca, e na manhã seguinte tivemos que levá-lo ao aeroporto, onde Gustavo comprou uma passagem para ele voltar. Manuel entrou no portão de embarque sem olhar para trás.

"Não devíamos tê-lo deixado partir", disse Gustavo. "Seu irmão está precisando urgentemente de uma terapia."

"O que podíamos fazer? Ele já tinha ido embora, em sua imaginação. E, lá em São Luís, tem um psiquiatra que cuida dele. Manuel não se sentiria feliz longe das janelas e da nossa mangueira. Esta cidade não tem janelas."

"Você está falando sobre ele, ou sobre você mesma?", Gustavo quase encostou seus lábios na minha orelha, para que suas palavras não fossem ouvidas pelas pessoas no elevador.

"Sobre ele", eu disse. "Nunca senti falta de nada do que deixei em São Luís", murmurei, também ao seu ouvido.

"É. Talvez eu é quem estivesse falando sobre mim mesmo."

Olhei-o, interrogativa.

"Sobre não deixar alguém ir embora", disse Gustavo. "Sempre permiti que minhas mulheres partissem. É a você que desejo impedir de partir."

Na avenida Brasil, no carro, Gustavo me perguntou se eu tinha telefonado para Joachim dizendo-lhe que não ia fazer a peça. Uma semana tinha se passado, o diretor do *Rei Lear* avisara que os ensaios começariam em seguida e estava tudo certo para minha participação na peça, os problemas tinham sido resolvidos com a entrada de um novo patrocinador, o contrato seria levado à minha casa e eu deveria assinar as duas vias e ficar com a terceira.

Achei as indústrias, os galpões, as lojas ainda mais sujos e abandonados do que quando cheguei no Rio de Janeiro e cruzei pela primeira vez aquela avenida.

6

O casal de psiquiatras amigos de Gustavo iria jantar conosco em minha casa naquela noite. Gustavo passou a manhã na cozinha, de avental, com uma empregada que trouxera de sua casa para o assistir nas tarefas da preparação do jantar. Enquanto eu bebericava um cálice de vinho, ele explicava o que estava fazendo: uma quiche, uma salada verde com queijo, fatias quase transparentes de rabanete e queijo em quadradinhos temperado com azeite e orégano; um prato de massas e o prato principal, uma peça de carne assada recheada com creme de nozes. Ele lia a receita num livro, separava os ingredientes e os examinava, cheirava, tateava. Pesava-os numa balança e os colocava em ordem de uso. Fazia-me provar os molhos, me dava as panelas para que eu raspasse.

Quando toda a comida ficou pronta, despediu-se dizendo que voltaria ao anoitecer. Logo depois que Gustavo saiu, um mensageiro entregou uma grande caixa amarrada por uma fita e um cartão onde estava escrito *Para a minha adorada Bambi*. Na caixa havia um vestido de seda, um saco de pano com um par de sapatos e uma pequena bolsa; num estojo preto estava um colar de pérolas. O vestido tinha o mesmo estilo das roupas de Tamar. O decote rematado por um drapeado deixava discretamente os ombros de fora. A partir do busto a seda escorria pelo corpo até abaixo dos joelhos. Era realmente lindo, mas inadequado à minha idade; um vestido maduro, formal. Aquele pequeno equívoco de Gustavo ao achar que eu gostaria de uma roupa como aquela, seu ansioso esforço em me fazer feliz, me levaram a desejar, em retribuição, ser como Cordélia, a boa filha, com seus sorrisos bondosos, sua abnegação, sua tristeza, sua aptidão para o sofrimento. A campainha soou e corri para a sala, dando saltos alegres, pensando que Gustavo decidira vir mais cedo.

A empregada disse-me que uma moça estava querendo falar comigo.

7

Uma jovem alta, pálida, de cabelos lisos quase azuis e dentes pontudos entrou na sala, sorrindo. Os ossos de seu corpo quase apareciam sob a pele. Usava um vestido preto e chapéu; trazia nas mãos uma sacola grande e uma caixa redonda.

"Oi. Sou a Frederica", ela disse, estendendo a mão depois de colocar a caixa no chão.

"Oi."

"Vi você na peça *Bambi*. Você estava o máximo."

"Obrigada."

"Pena que você saiu da peça."

Perguntou-me se eu tinha adotado o nome da personagem, Bambi, o que me deixou surpresa, a princípio, depois irritada.

"Pensei em mudar meu nome para Maga Patalógica, o que você acha? O José Maria Fernandes telefonou para você?"

"Não", eu disse.

"Ah, deve ter esquecido. Com licença", e colocou a sacola sobre a mesa. "Está pesada. O Fernandes não ligou mesmo para você marcando hora?"

"Não. Hora para quê?"

"Para eu tirar suas medidas! Vou trabalhar na peça. Sou assistente da figurinista. Semana que vem começamos finalmente os ensaios." Frederica tirou da bolsa uma fita métrica, papel e ficou procurando alguma coisa. "Você tem um lápis?"

"Tenho. Um instante."

Quando voltei, ela estava de óculos. Colocou o lápis na orelha, como os portugueses dos armazéns. Primeiro tirou a medida para os chapéus; rodeou minha cabeça com a fita, leu o resultado e o anotou no papel, depois de molhar a ponta do lápis na língua. Tirou a medida do meu pescoço, dos ombros, dos seios, o comprimento dos antebraços, braços, cintura, quadris. Eu queria dizer-lhe que não iria mais fazer a Vanessa, mas isso tinha que ser conversado com Joachim. Aborrecida por fazê-la perder seu tempo inutilmente, deixei-a terminar seu trabalho. Frederica mediu todas as partes de meu corpo até os tornozelos, concentrada, falando sobre as roupas que seriam feitas para mim, um guarda-roupa "realmente diabólico": uma roupa de cetim debruada de pele de tigre, um vestido escuro com gola larga e diadema de rosas brancas no cabelo, nenúfares brancos, casaco de arminho com touca de cossaco alta e redonda, como as que Catarina, a Grande, usava, botinha russa de veludo violeta, pantufa de veludo.

No final, tirou um gorro de pele de dentro da caixa redonda e o pôs sobre minha cabeça. Da sacola, retirou uma capa longa de pele preta macia, brilhante.

"A zibelina! Veja que linda!", disse, jogando-a sobre meus ombros. "Vai ser usada na cena do jardim zoológico. Incrível aquela cena, não é? A Vanessa faz o velho sogro enfiar a mão na jaula dos leões, para provar seu amor. Olhe-se no espelho. Veja como você está linda."

Vi no espelho a crueldade de Vanessa em meu rosto.

"Os homens se matam por ela", disse Frederica. "Será um papel inesquecível. O telefone do Fernandes não pára de tocar, as atrizes estão loucas por esse papel. Até uma atriz de quarenta anos está assediando o Joachim para fazer a Vanessa, já imaginou? Você é uma menina de sorte."

Frederica guardou o gorro, a fita métrica, apertou minha mão e saiu.

Percebi que ela havia deixado a capa de zibelina negra caída ao lado do sofá. Guardei-a no armário de roupas do quarto, com medo de que Gustavo a visse.

8

Colocava o colar de pérolas em meu pescoço, de certa forma até contente porque parecia uns dez anos mais velha com aquele vestido, quando os convidados chegaram.

"Ai, meu Deus, e o Gustavo? Ligue para ele, por favor", eu disse para a empregada.

O casal de psiquiatras estava em pé no jardim-de-inverno, ele olhando a minha estante de livros e ela as roupas teatrais. Ele era um sujeito de uns quarenta anos, de cara amarrada mas bem-humorado, que ficava o tempo todo com um cachimbo pendurado na boca espalhando rodinhas de fumaça; as mãos estavam sempre uma dentro do bolso e a outra segurando o cachimbo. Ela era uma mulher de quadris largos e pernas grossas; usava os cabelos cortados bem retos e lisos, impecavelmente penteados, e pulseiras tilintantes nos braços. Falava gesticulando e com um leve sotaque estrangeiro. Lembrava-me um suco de groselha daqueles que vêm num envelope, para serem diluídos em água, talvez por causa da cor dos cabelos.

"Olá, Bambi, como você está elegante", a mulher disse.

"Esta roupa não é nada adequada para uma menina. Onde está o Gustavo?", perguntou o marido, que se chamava Pedro. O nome dela era Elvira.

"Ele ainda não chegou. A empregada foi ligar para saber por que ele se atrasou, ele nunca se atrasa."

"Ora, ele vive três horas atrasado", disse Pedro. "Você tem um uísque? Queria um old brand, sour mash."

"Sim", fui em direção ao móvel que servia de bar, quando me lembrei que não sabia qual era o uísque que eu devia servir, havia várias garrafas, umas pela metade, outras fechadas. Fiquei parada na frente da fileira de garrafas quando Pedro pôs a mão em meu ombro.

"Você não quer que eu me sirva? Acho que você não entende nada de uísque, não é?"

"É."

Fui à cozinha. Aparecida falava ao telefone. Desligou e me disse que Gustavo não estava em casa, o mordomo informou que ele tinha saído havia algum tempo. Na sala, os dois psiquiatras sussurravam e riam quando entrei.

"Ele já está chegando", eu disse.

Pedro serviu-me um uísque. O casal passou a conversar sobre teatro, talvez querendo ser gentil comigo; mas ambos falavam de maneira que eu não me interessava. Então discutiram sobre adolescentes, barreiras entre gerações, jovens nas cidades grandes, sobre violência urbana, assaltos que ocorreram com amigos seus, sobre o caso de uma paciente que tinha se suicidado depois de seduzida por seu psiquiatra e problemas assim. Havia uma civilizada hostilidade entre eles; um nunca concordava com o outro. E entre nós havia um abismo.

Eu ouvia a conversa do casal sentada no sofá, dura, com as mãos nos joelhos; olhava de vez em quando o relógio, a porta imóvel. À medida que o tempo passava, a ausência de Gustavo se tornava mais opressiva.

"Beba mais um uísque", disse-me Pedro. "Este uísque se bebe sem gelo. Assisti você protagonizando aquela peça do Joachim. Você é uma atriz de talento." E fez uma análise, do ponto de vista psicológico, da trama da peça.

"Vocês conhecem pessoalmente o Joachim?", perguntei.

"Sim", disse Pedro.

"Por que ele e o Gustavo brigaram?", perguntei, e o casal trocou um olhar significativo.

"Isso você deve perguntar ao Gustavo", disse Pedro.

"Ele nunca contou para você?", disse Elvira. "A Lili foi paciente do Gustavo."

Senti minha pele esfriar.

"O Gustavo está demorando, não?", disse Pedro. "O que será que aconteceu? Ligue para a clínica, Bambi. Ele talvez esteja lá, talvez tenha recebido uma chamada de urgência."

Ele não estava na clínica, nem em casa. Pedro e Elvira continuaram a conversar, ele sempre renovando as doses de uísque nos copos. Perto da meia-noite Pedro disse que estava com fome e me levantei para pedir à empregada que servisse o jantar. Senti o chão se levantando em direção a minha cabeça. Estava bêbada. Nunca tinha ficado embriagada antes, e era uma sensação agradável, meus músculos estavam relaxados, uma leve euforia me invadiu.

Bebemos três garrafas de vinho, o que me deixou ainda mais embriagada; estranhei que o casal não estivesse também. Em alguns momentos ficávamos em silêncio e eu percebia que os três pensávamos na ausência de Gustavo.

Quando a campainha tocou Pedro olhou o relógio. "Uma da madrugada."

Fui abrir a porta, quase tropeçando em meus próprios pés. Gustavo estava pálido, com uma mancha roxa no rosto.

"Você se machucou? O que aconteceu?"

Beijou-me e entrou para a sala, mancando mais do que normalmente, sem dar uma explicação. Cumprimentou os amigos e se desculpou.

"Estava atendendo uma paciente em crise", ele disse. "Vocês fizeram bem em não me esperar para jantar", olhou a mesa com xícaras, cálices, copos, pratos de sobremesa usados, um arranjo de frutas desfeito.

Ele discorreu sobre a paciente, usando termos técnicos. Enquanto falava, eu observava seu rosto; ele me parecia distante de mim, como se ignorasse minha presença. Elvira se tornou mais doce, tinha se transformado em outra mulher; olhava Gustavo com ternura e admiração, ouvia-o atenta e sem interromper a narrativa dele, com um sorriso constante nos lábios.

Pedro voltou a soltar baforadas de seu cachimbo e ouvia, silencioso, com as pernas cruzadas, balançando o pé.

Levantei-me e fui para o quarto.

9

Joguei-me na cama, sentindo tudo rodar, a cabeça pesava como chumbo sobre o travesseiro. As vozes vinham, murmuradas, da sala, mas eu não compreendia o que diziam. Tinha visto uma mancha roxa no rosto de Gustavo, também tinha ouvido Elvira dizer que Lili fora paciente de Gustavo. Aí estava um indício da origem da inimizade entre ele e Joachim. Mas por que motivo exatamente teriam brigado? Por que me deixava envolver na briga entre os dois? Aquelas pessoas, na cidade grande, eram estranhos para mim, todas elas. Nada do que faziam ou falavam me impressionava. Não me compreendiam, nem eu a elas. Eu queria apenas comer algodão-doce, passear na frente de jaulas de macacos, perambular nas ruas, subir num palco para brincar de ser outra pessoa e para ser aplaudida. Joachim sabia quem eu era, por isso eu odiava a Bambi que ele inventara, uma Bambi que revelava meus segredos. No fundo, uma menina idiota. Eu tinha vindo para o Rio de Janeiro em busca de liberdade, e vivia prisioneira do amor de um homem velho e sem uma das pernas; fugira de meu pai, para encontrar outro pai, um novo pai que desejava me transformar em uma mulher que existia apenas dentro da imaginação dele. O que estava eu fazendo com aquele vestido de seda? Puxei o colar, as pérolas se espalharam pela cama. Em pé, na frente do espelho, tirei o vestido, com uma sensação libertadora. Subitamente meu corpo ficou leve.

Abri o armário e retirei do esconderijo a zibelina negra. Joguei a pele sobre meu corpo nu; a frieza dos pêlos me excitou. As vozes e risadas vinham da sala, distorcidas. Tirei a pele dos ombros, saí do quarto, nua, um pouco cambaleante, entrei na sala.

Os três emudeceram ao me ver. Pedro examinou meu corpo, parando alguns instantes nos seios, no tufo de pêlos. Os olhos de Elvira se arregalaram. Gustavo passou a mão na barba. Segui até a cozinha escura, onde Hamlet dormia sobre a mesa; bebi água e retornei ao quarto, cruzando novamente a sala, mais uma vez observada pelos psiquiatras. No instante seguinte ouvi sussurros, e uma porta bateu.

Acendi o abajur e fiquei em pé na frente do espelho, a capa jogada sobre as costas, deixando uma fresta por onde se podia entrever meu corpo. Gustavo entrou no quarto.

Ele ficou em silêncio, me olhando imobilizado, quase sem respirar. Percebi sua angústia, senti um grande arrependimento, uma imensa compaixão dele, paralisado naquele quarto, com uma mancha roxa no rosto. Eu o via com a mesma compaixão que o rapazinho de óculos sentia por mim quando eu fazia a Princesa amarrada ao trono.

"Que roupa é essa?", ele perguntou. Mas logo compreendeu.

"Quer que eu faça o papel da Vanessa só para você?", foi o que consegui dizer. "O Professor me disse que eu poderia fazer teatro, desde que fosse só para ele." Gustavo se virou de costas para mim. Abracei-o por detrás. Senti no peito dele o coração pulsando.

"Não quer que eu dance para você?"

"Pare com isso, Bambi. Não estou me divertindo."

Joguei a pele de zibelina no chão.

"Você andou nua pela casa, na frente dos meus amigos. O que pretendia com isso?"

"Este vestido que você me deu é horrível, não gosto dele. Não gosto de colar de pérolas e nem de sapato de salto alto, gosto de andar descalça. Por que não posso andar descalça? Você quer que eu seja igual à Tamar, mas de que adianta?, ela largou você, você quer que eu seja igual a ela para depois também largar você? Quer fazer o favor de me deixar em paz?" Esperei que ele me desse um tapa na boca.

"Não fale assim, Bambi, depois você se arrepende."

Gustavo acariciou meu rosto, meus ombros. Largou a bengala e me deitou na cama, em cima da roupa de seda que ele me presenteara. Cobriu-me com a pele de zibelina.

"Está frio. Durma, meu bem."

"Não quero dormir. Quero ficar acordada."

"Quer que eu faça um café forte para você?"

"Quero."

Gustavo saiu.

Vi-me refletida no espelho do armário, cuja porta estava aberta. Adormeci deitada sobre o vestido.

10

"Quem machucou você?", perguntei a Gustavo, quando acordei e o vi desligando o telefone. O relógio na cabeceira da cama marcava quatro horas da madrugada. Uma xícara com café, frio, estava sobre uma pequena bandeja.

"Quem machucou você?", repeti.

"Tive problemas com uma paciente."

"Sabrina?"

"Sim, isso, foi Sabrina."

"Você não estava na clínica. Telefonei para lá e disseram que você não apareceu lá hoje. Onde você estava?"

"Estava na casa de Sabrina, atendi-a em casa. Que suspeitas você tem de mim?"

"Desculpe-me. Estou nervosa. Fiquei ansiosa porque você não apareceu para o jantar. Foi horrível. Eles me olhavam como se eu fosse um brinquedo seu."

"Eles não olhariam você dessa maneira. Foi impressão sua. Já lhe falei sobre o fenômeno da projeção. Mas eu é quem devo me desculpar, deixei você numa situação constrangedora. Enfim, as coisas são como são."

"Para quem você estava ligando a essa hora?"

"Um assunto de trabalho."

"Desculpe-me o papel ridículo que fiz, prometo que nunca mais faço isso com você."

"Não foi ridículo. Foi cruel."

Ele saiu do quarto, demorou alguns instantes. Seus passos e a bengala ressoavam no chão. Voltou trazendo alguns papéis na mão, que me estendeu.

"Você já assinou o contrato?"

"Ainda não."

"Assine."

Fiquei imóvel.

"Assine, por favor. O Severino está esperando."

Lembrei-me das palavras de Gustavo, quando assinei meu primeiro contrato, quando ele disse que as causas de pouco valor sempre se resolviam com acordos e assinei as duas vias do contrato para trabalhar na peça de Severino Colli.

Gustavo foi embora, antes da aurora despontar pelos vidros do jardim. Uma luz roxa invadiu o quarto quando adormeci novamente.

Acordei ao meio-dia. A empregada tinha preparado um café da manhã para mim, que estava posto na mesa da copa. Ela cantarolava, mexendo numa panela de onde saía uma fumaça leve.

"Oi, dona Bambi. O telefone tocou a manhã inteira, nem sei como a senhora não acordou."

"Quem era?"

"Não sei. Não atendi. Deve ter algum recado lá naquela maquininha."

Era Joachim. Pedia que eu ligasse com urgência para ele. Talvez quisesse saber minha resposta. Eu estava tão confusa que decidi não ligar para ele. Tomei café, lendo o jornal do dia. O telefone tocou de novo, e ouvi a voz de Joachim, nervoso, pedindo que eu atendesse caso estivesse ouvindo. Mas não atendi. Ia passar um telegrama para ele dizendo que não iria fazer a peça. Mas, após esta decisão, um sentimento de vazio ocupou meu peito. Talvez fosse a ressaca, pensei. Minha boca estava seca, mesmo depois que eu dava goles no suco de laranja.

"Vou caminhar na praia", disse a Aparecida.

"Vai chover, dona Bambi."

"Não atenda ao telefone, está bem?"

"Eu?", ela deu de ombros.

Estava uma manhã chuvosa, não havia banhistas ou atletas se exercitando na praia. A areia tinha tomado a pista de asfalto e alguns garis, protegidos por sobretudos cor-de-laranja, limpavam com pás a rua para que os carros passassem. As ondas vinham até quase a calçada. Homens procuravam coisas de valor que talvez estivessem enterradas na areia. Um gari comentou que alguém tinha encontrado um relógio. Um sujeito solitário lançou, de cima de uma pedra, sua linha de pesca.

Entrei numa cabine de telefone público e liguei para Joachim.

VIII

1

Saltei do ônibus e entrei numa rua protegida por uma guarita onde dois homens controlavam o movimento de automóveis e pedestres. Hesitei diante do portão; por que Joachim me dissera ao telefone que não falasse a ninguém que viria a sua casa? Um gato correu sobre o muro alto, coberto de hera. Por detrás da casa, uma favela ocupava a encosta da montanha; dos barracos vinham ruídos distantes de televisões, um ou outro grito, latidos. Toquei a campainha e logo uma senhora de avental veio me atender, protegida por um guarda-chuva preto. Sorriu, disse que gostava quando seu patrão recebia visitas. Fez com que eu entrasse pelos jardins e me levou até a varanda.

A casa de Joachim era a imagem de um homem rico que resolveu entregar a vida à própria sorte. Construída com madeiras, mármores, vidros, parecia abandonada: os jardins cobertos de folhas, as plantas ultrapassando os canteiros ou subindo pelas paredes, uma janela quebrada, a piscina vazia, com folhas secas no fundo. Gatos descansavam na varanda, nos parapeitos das janelas, na escadaria que dava acesso à porta principal.

Joachim estava encostado à soleira da porta, com um esparadrapo sobre o nariz.

"O que aconteceu com seu nariz?"

"Entre", ele disse. "Você está molhada. Quer uma toalha?"

"Quero, obrigada."

Demorou um pouco a trazer a toalha. Gatos deitavam-se no tapete, numa mesa, aos pés de uma lareira cheia de livros empilhados. Havia livros espalhados sobre todos os móveis. Enxuguei meus cabelos, meus braços. Joachim retirou os livros que ficavam sobre uma poltrona e me disse para sentar.

"Seu namorado quebrou o meu nariz", ele disse.

"Gustavo? Ele não faria isso."

"Mas fez. Esteve aqui ontem à noite, discutimos e acabamos nos esmurrando como dois garotos de escola."

"O que é que você tem de tão importante para me dizer?", perguntei.

Ele puxou uma cadeira e sentou-se à minha frente, esfregou as mãos na calça. Olhou-me fixamente. "Quero lhe fazer algumas revelações a respeito de Gustavo. Creio que você não sabe muito bem o tipo de homem que ele é. Como devo começar? Bem... Aquele guarda-roupa, na sua casa, assim como os adereços teatrais, eram da Lili. Aquele apartamento inteiro era da Lili, foi montado para que ela morasse perto de seu amante."

Senti meu coração bater mais depressa, mas as palavras de Joachim não me surpreenderam tanto, pelo menos não da maneira que ele talvez esperasse. Ele foi, então, mais objetivo.

"Lili era amante de Gustavo."

Joachim contou-me uma longa história de amor, traição, disputa entre homens por uma mulher, mas eu não prestava muita atenção, preferia olhar os gatos deitados.

"Está ouvindo, Bambi?", disse Joachim. "Um dia Lili me procurou e disse que Gustavo queria que ela deixasse a profissão de atriz, e que tinham tido uma discussão. Naquela mesma noite Lili foi encontrada morta. Mas antes de ser morta, Lili telefonou-me dizendo que estava com medo. Tinha sido seguida pelo carro de Gustavo, que então estava parado diante da casa do namorado de Lili, com duas pessoas, uma ao volante e outra no banco traseiro: Gustavo e o motorista, segundo ela." Fez uma pausa. "Gustavo matou Lili", disse Joachim. E ficou em silêncio, me olhando. "Bambi, Gustavo matou Lili, você não entende o que isso significa?"

"O que significa?"

"Que ele pode matar você."

"Não posso acreditar numa história dessas. Só porque o carro dele estava na porta da casa você acha que ele matou a Lili?"

"Acho. Tenho certeza. E foi por este motivo que me aproximei de você."

Quando soube que Gustavo mantinha uma outra jovem atriz na mesma casa onde morara Lili, Joachim a princípio desejou vingança. Odiava Gustavo e por este motivo escreveu uma peça chamada *Bambi* na qual a protagonista era morta pelo homem que a amava, um personagem inspirado obviamente em Gustavo. E para incomodá-lo ainda mais, Joachim chamou a própria Bambi — a mim, portanto — para desempenhar o papel. Era uma maneira de pressionar Gustavo, apertá-lo contra a parede, atiçar sua consciência culpada. Quem sabe Gustavo acabaria por confessar o crime. Não tinha o direito de ser feliz novamente, de simplesmente refazer sua vida com outra ninfeta. Mas então Joachim me conheceu melhor. Arrependido, sentindo-se invadir por sentimentos de amizade e ternura a meu respeito, desistiu de sua vingança. Pediu que José Maria Fernandes me tirasse da peça e desapareceu de minha vida. Entretanto, sentia-se responsável por minha segurança. Acreditava que Gustavo seria capaz de matar outra vez, e Joachim jamais se perdoaria por não impedir que o fizesse; decidiu se reaproximar de mim, dessa vez para me defender. Sabia que Gustavo não queria que eu fizesse teatro, eu mesma lhe afirmara isso, e que eu jamais deixaria de fazê-lo. A história estava se repetindo. Ele podia imaginar o final trágico. A peça de Severino Colli fora realmente uma tramóia de Gustavo para me manter distante do teatro.

"Você tem que se afastar de Gustavo", disse Joachim. "Se quiser, pode ficar aqui em minha casa."

"Quantos gatos você tem?"

Ele olhou para o lado, impaciente. Balançou a cabeça. Segurou minhas mãos. "Bambi, preste atenção, o que estou lhe dizendo é uma coisa muito séria. Eu acho que você corre perigo, ficando com Gustavo." Fez uma pausa, me olhando. "Eu tenho mais de cem gatos, eles descem da favela para comer aqui e acabam ficando."

"Essa favela fica tão perto. Você não tem medo?"

"Não."

Levantei-me e fui olhar os livros numa estante. Enquanto Joachim falava sem parar, argumentando contra Gustavo, eu prestava atenção nos títulos dos livros.

"Você não acredita em nada do que lhe falei, não é mesmo?", ele perguntou.

"Não sei. Preciso pensar."

"Então pense, mas pense rápido."

2

Abri a porta do apartamento que, agora eu sabia, fora da Lili. Achei-o diferente: escuro, mofado, velho, soturno. Não me sentia mais em casa, lá dentro. Não me aproximei das roupas teatrais, nem do palco. Sem a companhia de dona Mercedes, o lugar estava ainda mais insuportável.

Tive um sono pesado naquela noite. A manhã seguinte passei caminhando na praia; de tarde olhei vitrines; ao entardecer assisti a um jogo de vôlei na areia. Não queria pensar em nada. Ao voltar para casa, havia recados de Gustavo e de Joachim na secretária eletrônica, mas não liguei de volta para nenhum dos dois. Na noite seguinte, Gustavo passou de carro e me levou para jantar em sua casa. Achou-me muito calada e perguntou se eu estava com algum problema.

Ficou bastante taciturno quando contei-lhe o que Joachim tinha me dito; não falou nenhuma palavra. Estávamos sentados na cama de casal. Ele se levantou, entrou no banheiro de Tamar e fechou a porta. Demorou lá dentro. Considerei estranho o fato de ele usar o banheiro de Tamar, em vez do seu; mas talvez o tivesse feito por estar perturbado. Nos dias seguintes, envolvido com problemas na clínica, Gustavo não apareceu.

Com Hamlet sempre em meu colo, eu esperava pacientemente um telefonema de Severino para me avisar sobre o começo dos ensaios. Ficava em casa o tempo quase todo, ia apenas arrastar os pés na areia da praia. Escrevia longas cartas para Manuel, que ele jamais respondia. Eu recebia um pequeno salário da empresa de Severino para me manter à disposição, sem assumir nenhum compromisso com alguma outra peça teatral. Gustavo voltou a sorrir, a me levar de noite para passeios e visitas. Mas eu sentia aquele mesmo imenso buraco dentro de mim. Nada acontecia em minha vida para me tirar do marasmo.

Um dia a campainha tocou e ouvi a voz da empregada falando com um homem, uma voz muito conhecida. Ela bateu à porta de meu quarto e entrou.

"Tem um senhor aí, dona Bambi. Quer falar com a senhora. Não disse quem era. Deve ser um músico, pois está com um estojo de sanfona."

Com um certo medo, entrei na sala. Meu pai estava em pé no meio do aposento. Sustentava em seus ombros as correias de uma caixa de madeira ondulada, que o fazia se curvar com o peso. Na mão apertava um chapéu de feltro surrado. Seus cabelos estavam mais ralos e totalmente brancos; a barba por fazer. As roupas miseráveis não escondiam sua magreza. Tinha um ar triste. Quando me viu apertou os olhos, estendeu a cabeça, deu um passo em frente para enxergar melhor.

"Como vai, papai?"

"Deus te abençoe, Bambi."

"O que o senhor veio fazer no Rio de Janeiro? Como conseguiu me encontrar aqui?"

"Achei o endereço no meio das coisas de Manuel."

"Ele vai bem? Não tem respondido às minhas cartas."

Papai apertou os lábios, abaixou a cabeça. "Tem um cigarro? Estou há dias sem fumar."

Peguei o maço na minha bolsa e lhe ofereci. Com a mão trêmula, papai retirou um cigarro, colocou-o na boca, pendurado, como fazia sempre. "Tem fogo?"

"Ah, desculpe." Acendi o cigarro. "O senhor não me disse como vai o Manuel. Ele... está internado de novo?"

Papai pôs o chapéu na cabeça; tirou do bolso um papel amarfanhado e me entregou.

"O que é isto? Uma carta? Quem a mandou?", perguntei. "É do Manuel?"

"Sim. Uma carta de seu irmão, que ele escreveu antes de... Não fique assim, minha filha, sei que você gostava muito dele. O Manuel morreu."

"Morreu como?" Eu sabia o que ele ia dizer.

"Matou-se."

"Como?"

"Com uma corda, enforcou-se. Foi na mangueira do quintal."

"Meu Deus, ele já estava pensando em se matar quando esteve aqui."

"Ele sempre pensou em se matar. Foi melhor assim. Deus sabe o que faz."

Li no envelope meu nome escrito com letra trêmula. Guardei a carta no bolso.

"Eu... vim tentar a vida aqui", disse meu pai. "O povo lá não dá valor. Aqui é diferente, quer dizer, pensei que fosse diferente. Trouxe minha..." Tirou as correias dos ombros; pôs a caixa no chão, abriu-a. "Veja. Eu mesmo fiz a caixa, não está bonita?" Surgiu uma sanfona nova, de oito baixos, branca e vermelha, com cintilantes peças douradas. Papai olhou para cima e deu um sorriso amplo; percebi, repugnada, que lhe faltavam alguns dentes, e os que lhe restavam estavam escuros. Os olhos dele tinham estrias vermelhas.

Papai pôs a sanfona no peito, acertou a altura das correias e tocou. Abraçava o instrumento com intimidade. Seus ombros estavam caídos, acostumados ao peso que carregavam. Mesmo com os dedos emperrados, tirou daquele instrumento rude uma melodia agradável; mas às vezes uma das notas não saía, ou saía desafinada. Ele fechava os olhos, levantava o queixo e apertava na boca a ponta do cigarro aceso nas harmonias mais agudas e as cinzas caíam no chão deixando um rastro na camisa.

A música agradou-me tanto que esqueci por alguns instantes da morte de Manuel, dos dentes que faltavam na boca de papai. Senti uma imensa ternura por ele.

Quando terminou, olhou-me esperando algo.

"Eu... sempre admirei sua arte."

Ele fez um ar surpreso. "Obrigado, minha filha."

"Como se chama a música?"

"*A vida é um parafuso de veludo.*"

"O senhor escreveu a letra?"

"Eu? Quem sou eu. É um poema de um artista lá da nossa cidade, um pobre coitado que tinha mania de ser poeta. Mas ele fazia ilusionismo muito bem, anunciava o espetáculo no teatro e o povo todo ia assistir. No fim, subia numa escada alta, se enrolava na bandeira do Brasil e se jogava no chão. Doido manso. Eu... estou morando no Rio de Janeiro, já cheguei faz... um mês, ou dois, não me lembro. Soube da morte de Manuel porque sua irmã mais velha me passou um telegrama, e fui ao enterro, sabe. Sua mãe me disse que você está trabalhando em teatro. Sorte sua. Eu estou desempregado."

"O senhor quer arranjar um trabalho como músico? Não sei aonde possa ser, talvez numa casa de shows, onde será que tocam música do Norte?"

"Não! Não quero tocar nas casas de show. Minha música é apenas para gente pobre. Vou tocar nas praças. Tem uma praça aqui, em São Cristóvão, já ouviu falar? Encontrei lá muitos como eu, e depois eu passo o chapéu e ganho algum dinheiro. Mas é só aos domingos. Minha nova mulher é manicure, e assim vamos vivendo, aluguei uma casa num lugar, como se chama mesmo? ah, Itaguaí. Você pode fazer uma visita, se quiser, a casa ainda não está acabada, mas dá para viver. Venho aqui buscar você, é um lugar difícil de se chegar."

"Ah, posso conseguir um trabalho para o senhor fazer cenários de teatro. O senhor pode ganhar bem."

"Mas... não quero trabalho, minha filha. Estou velho para trabalhar para os outros. Você tem um trago, aí?" Ele indicou uma garrafa de aguardente sobre um móvel.

Derramei uma pequena dose num copo. Voltei a sentir nojo de papai, da boca sem dentes dele. Pensei em depois jogar fora o copo. Ele bebeu tudo num só gole.

"Quer mais?"

Ele estendeu o copo. "Bom, muito bom. Sempre gostei de beber, lembra, Bambi?"

"Lembro. Como está a mamãe?"

"A mesma de sempre, sentada a noite toda na frente de casa, olhando a rua. Agora deu para contar a história do Crime da Mala, e fica aterrorizando o neto, sabe que tenho agora um neto? De sua irmã mais velha. A Maria também está esperando filho. A Albertina vai casar. A Cristina trabalha na padaria. É uma boa moça."

Papai abaixou-se, guardou a sanfona, fechou a caixa e a pendurou nos ombros. "Também vim... pedir.... uma ajuda, algum dinheiro, estou sem um tostão, ontem comi um pão e hoje nada. Que vergonha, pedir assim, vou embora, prometo não aborrecer mais."

"Sim, sim, espere um pouco." Fui ao quarto, tirei todo meu dinheiro da bolsa e dei-o para papai. "Venha sempre aqui, não desapareça, está bem? Promete?"

"Sim, Bambi, vou voltar aqui. Desculpe-me por tudo."

"Desculpe-me, também, papai."

Ele saiu, curvado. Na porta, deu um último olhar para mim.

De noite Gustavo apareceu e me abraçou. "Não chore. Seu irmão não amava a vida, não suportava viver. Ele quis ir embora. A morte às vezes é um descanso."

Li a carta: "Querida irmã desejo que você se torne a mais famosa e rica atriz do Brasil e que um dia vá para fora do Brasil num navio. Quando você ficar rica dê uma casa nova para a mamãe com uma varanda para ela ficar de noite sentada numa cadeira de balanço. Faça um túmulo para mim de mármore azul com dois anjos, um de asas abertas e outro de asas fechadas, um sendo eu e outro sendo minha alma. Não se esqueça de mim. Seu querido irmão Manuel".

3

Na manhã seguinte, Joachim chamou-me pelo porteiro eletrônico. Pediu que eu saísse, pois precisava falar comigo. Na frente do edifício, esperava-me sentado num carro. "Não sabia que você tinha carro. É seu? Onde vamos?" Fez com que eu entrasse, disse que ia me levar num lugar e que não fizesse perguntas.

Fizemos o trajeto ouvindo rádio, um trajeto longo, pelos subúrbios adentro; saímos da cidade e seguimos por uma estrada. Perguntei-lhe, então, onde iríamos, mas ele me disse que logo eu ficaria sabendo. Eu contava os carros que ultrapassávamos, fazia jogos de números com as placas dos automóveis, somando-os até ficarem um número de apenas um algarismo. Pedi que parássemos numa lanchonete pois queria comer um cachorro-quente mas ele disse que tinha hora marcada, abriu o porta-luvas do carro e tirou dali um dropes de hortelã para que eu enganasse minha fome. Havia um revólver no porta-luvas e perguntei-lhe por que carregava aquela arma no carro. Ele disse que tinha sido assaltado diversas vezes, perto de sua casa, e usava a arma apenas para se defender.

Atravessamos uma região de praias, por uma estrada que seguia a linha sinuosa da costa. O mar estava cinzento, o céu preparava uma chuva pesada. Tentei falar sobre o tempo, mas Joachim não estava muito interessado em conversar, tratava-me da mesma maneira lacônica de quando me conhecera.

Após um longo trecho quase sem movimento de automóveis, chegamos numa pequena cidade portuária onde navios estavam fundeados numa baía mansa e guindastes cortavam a silhueta da água. O carro entrou por uma estrada de terra, estreita, e depois de muitos solavancos chegamos a uma casa na beira do mar, com um cais de madeira onde um barco nos esperava. Joachim tirou o revólver do porta-luvas e o meteu no bolso do paletó; entrou na casa, conversou com alguém lá dentro. Retornou com abrigos impermeáveis amarelos.

Atravessamos a baía, embaixo de chuva. O barco era um veleiro, mas os marinheiros usaram o motor para chegarmos mais depressa. A fumaça que saía do motor entrava em meu nariz e me fazia enjoar. De longe avistei, na ilha para onde nos dirigíamos, uma cidadela habitada por pescadores e, como disse Joachim, descendentes de presidiários. Ali tinha morado Madame Satã, um valente homossexual que fazia parte do folclore da Lapa no Rio de Janeiro. Eu nunca tinha ouvido falar em Madame Satã, mas achei o nome excitante, parecia um dos títulos de peças de Joachim.

Um homem de terno e guarda-chuva nos esperava em pé, num outro pequeno cais de madeira; apertou nossa mão e conversou à parte com Joachim; de vez em quando me olhavam, como se falassem a meu respeito. Neste momento, comecei a sentir uma certa apreensão, e perguntava repetidamente a Joachim onde estavam me levando, mas ele dizia que estávamos quase chegando. Atravessamos, num jipe, uma trilha lamacenta até que avistei muros altos, com fios de arame farpado, guaritas com soldados armados. Era um presídio. Paramos num portão onde pediram nossos documentos. Eu não tinha nenhum documento, mas o homem de terno conseguiu que entrássemos assim mesmo.

Na porta do presídio outro homem nos esperava. Levounos por um corredor até a sala onde os presos recebiam visitas e nos mandou sentar. Joachim conversou com os dois homens, um pouco distantes de mim. Eu olhava as moscas que zumbiam nos vidros da janela; balançava o pé, impaciente, e chupava as balas de hortelã. Um longo tempo depois ouvimos uma porta de ferro se abrindo. Surgiu um rapaz alto, de traços harmoniosos, nariz grego, cabelos raspados, vestido de bermuda e camiseta. Nos braços havia tatuagens.

Sentou-se num banco, na nossa frente; entre nós havia um aramado coberto de ferrugem. Os olhos dele não tinham nenhuma expressão; mas em seus lábios havia um leve sorriso idiota. O homem de terno que estava conosco pediu ao prisioneiro que respondesse às perguntas que Joachim lhe faria, que não tivesse medo, aquilo não tinha nenhum valor, o que ele dissesse nunca ia ser revelado a mais ninguém. Era só um favor que ele deveria prestar ao senhor, e apontou de novo para Joachim.

O prisioneiro respondeu às perguntas de Joachim, buscando sempre a concordância do homem de terno, que fazia sinal afirmativo com a cabeça. A história que contou era bastante triste. Ele namorava a Lili; um dia encontrou-a morta em sua cama. Ele não a matara, repetiu diversas vezes que nunca mataria ninguém. Os policiais que investigavam o caso estavam certos de sua inocência e andavam atrás de outros suspeitos. Mas um dia um sujeito procurou-o e lhe ofereceu uma pequena fortuna para ele assumir a culpa do assassinato de Lili. Ele teria os melhores advogados, ia pegar poucos anos de pena mas passaria só a metade do tempo na prisão e depois ia viver o resto da vida nadando em dinheiro. Ele sempre quisera morar no Havaí, pegar ondas, e aceitou a proposta. Entregou-se à polícia e confessou o crime. O homem entregou-lhe o dinheiro e o rapaz guardou-o numa conta, em um banco no exterior.

Joachim perguntou ao prisioneiro quem tinha lhe dado o dinheiro, mas o rapaz não sabia, o homem que o procurara dizia ser apenas um procurador e seu cliente não queria aparecer. Mas uma vez viu, de relance, o homem que lhe pagava para que confessasse o crime. Disse que o misterioso sujeito tinha cabelos brancos e mancava de uma perna.

4

Fizemos a viagem de volta em silêncio. Eu sentia minha barriga doendo, não sabia se de fome ou de ansiedade. Preferia não saber nada daquilo, sentia-me envolvida num drama alheio, não percebia o que motivava Joachim a empenhar-se tanto em me convencer que Gustavo matara Lili. Não caberia a mim prendê-lo, julgá-lo ou puni-lo. E mesmo que Gustavo me confessasse seu crime, eu jamais o denunciaria, ele fora sempre bom para mim, me ajudara em todos os momentos difíceis, eu tinha um compromisso de gratidão para com ele. E se tivesse mesmo matado Lili, isso não significava que mataria também a mim.

Joachim parou o carro em frente à minha casa e mandou que eu pegasse minhas coisas. Ia conseguir um lugar para mim, já que eu não queria ficar com ele. Talvez no apartamento de Fernandes.

"Os ensaios da *Jupiteriana* já começaram?", perguntei.

"Sim."

"Ainda posso fazer o papel de Vanessa?"

"Vou falar com o Fernandes. Tenho certeza de que ele vai ficar satisfeito. Ele gosta de você."

Entrei no meu apartamento, peguei algumas roupas e as meti na velha maleta; escrevi uma carta para Gustavo dizendo-lhe que não o veria mais, que não me procurasse, que embora eu lhe fosse muito grata por tudo que fizera por mim queria seguir minha vida sem ele; despedi-me de Hamlet e fui embora. Pedi a Joachim que me deixasse na Santa Clara.

Dona Wanda estava envelhecida, talvez porque tivesse emagrecido e sua pele, antes estirada sobre a gordura, agora descia sobre os ossos. Em seus cabelos as raízes brancas apareciam. Acomodou-me no mesmo quarto da outra vez, cuja janela dava para a copa da amendoeira. A árvore, verdejante, tornava o aposento mais sombrio. Um dos galhos tinha sido cortado pelos bombeiros, para que não encostasse nos fios de eletricidade. Cigarras faziam um ruído agudo e intenso, mas dona Wanda parecia não ouvir. Depois de me dar um café com leite e bolachas, sentou-se ao piano-armário e executou as músicas de sempre.

5

Joachim me buscava todas as tardes na casa de dona Wanda para me levar aos ensaios, e me levava de volta. Pedia-me que não saísse sem falar com ele, pelo menos durante algum tempo. Entregou-me seu revólver e me mandou levá-lo onde quer que fosse. Temia por minha segurança. Eu reclamava, dizia que ele era um alarmista; deixava o revólver no armário e passeava numa praça ali perto, andava na Nossa Senhora de Copacabana vendo as vitrines, ia sozinha ao cinema, ou então à igreja acompanhando dona Wanda — aquilo tinha virado uma espécie de obrigação.

Os ensaios prosseguiram, até que na véspera da estréia da peça os jornais publicaram fotos do espetáculo e o nome do elenco. Nesse dia, avistei o carro de Gustavo diante do teatro. Entrei, nervosa, e contei a Joachim sobre o que vira. Ele saiu para falar com Gustavo, e fiquei no camarim, esperando. Joachim não demorou a voltar.

"Quando me aproximei do carro ele foi embora", disse.

Joachim me levou em casa e disse-me para ficar lá, e que ligasse caso acontecesse algo. Ele estaria em sua casa.

Mais tarde, enquanto eu jantava com dona Wanda, o porteiro eletrônico soou. Dona Wanda voltou da cozinha dizendo que o senhor Gustavo desejava falar comigo.

"Ele já está subindo", ela disse.

Assustada, peguei minha bolsa e saí pelos fundos. Pedi a dona Wanda que dissesse a Gustavo que eu não morava mais ali, que tinha ido embora naquele mesmo dia.

"Mas eu já disse que você estava."

Desci correndo as escadas, cruzei a portaria e fui para a rua. Parei numa cabine de telefone público e liguei para Joachim, mas a empregada disse que ele ainda não tinha chegado. Perambulei pelas ruas de Copacabana, ligando sempre para Joachim e recebendo a mesma resposta da empregada. Na última vez que liguei, o telefone não atendeu mais.

Voltei para casa. Dona Wanda, com ar preocupado, perguntou-me o que estava acontecendo. Disse que Joachim tinha ligado diversas vezes, me procurando, e deixara recado para que eu não ficasse ali, que ligasse para ele imediatamente.

6

Mas o telefone da casa de Joachim chamava e ninguém atendia. Liguei em intervalos de hora em hora; nem mesmo os empregados estavam lá. Fui à igreja Santo Paulo Apóstolo; sentei-me numa cadeira dentro de uma agência bancária para olhar as pessoas nas filas; perambulei pelas ruas olhando as vitrines até as seis horas da tarde, quando me dirigi para o teatro. Era a noite de estréia da peça. Aquele passeio sem rumo me fez bem, e cheguei alegre ao teatro, saltitando.

Na entrada, senti a mão de um homem segurar meu braço. Era Gustavo. Estava com o ar de quem tinha passado a noite acordado; disse que queria falar comigo.

"Não posso. A peça vai estrear daqui a duas horas."

"Só alguns minutos. É uma coisa importante o que tenho a lhe dizer."

"Está bem."

Entramos no carro. Ele sentou-se ao volante e deu partida. Eu nunca o tinha visto dirigindo, achava mesmo que ele não podia guiar automóveis, por causa de sua perna mecânica.

"Ainda posso dirigir. Além de não ter uma perna, meu corpo é deformado por algumas queimaduras, por isso nunca tirei a roupa na sua frente, achava que você não deveria ver coisas feias."

O carro cruzou, veloz, a avenida Nossa Senhora de Copacabana.

"Por que me deixou tão subitamente?", perguntou. "Apenas uma carta."

"Fiquei com medo de você. Você mentiu para mim a respeito de Lili, você sempre mentiu para mim, a respeito de tudo."

"Foi Joachim quem fez com que você tivesse medo de mim."

"Ele me levou ao presídio."

Por um instante Gustavo raciocinou.

"Por que você pagou ao rapaz para confessar um crime que não cometeu?"

"Arrependo-me de ter feito isto. Mas não posso me condenar por isso. Eu tinha que fazê-lo. Mas não matei Lili. Jamais mataria alguém, você sabe disso. Ou não sabe?"

Fiquei em silêncio.

"Sabe?"

"Não me importa." A paisagem passava veloz pelo vidro da janela. "Você está correndo muito."

"Não precisa ter medo."

"Você queria me dizer uma coisa. O que é?"

"Tudo que Joachim estava fazendo era para se vingar de mim. Sabe, eu amava a Lili, não como amo você, é claro. Joachim tomou-a de mim apenas para se divertir com ela. Depois de alguns meses estava envolvido com outra moça e deixou a Lili. Ele sempre foi assim. Você... teve alguma coisa com ele? Digo, um romance?"

"Não."

"Ele sempre seduziu as mulheres e depois as deixou. Lembra-se quando lhe disse que Tamar tinha um amante?"

"Sim."

"Era ele, Joachim."

"Joachim?"

O carro entrou na avenida Niemeyer. Fazia as curvas sem diminuir a velocidade, os pneus cantavam no asfalto.

"Pare de correr assim", pedi. "Vamos voltar. Não posso me atrasar, o Fernandes vai ficar furioso."

''Não tenha medo, já disse. Enfim, ainda não falei tudo que queria. Eu amei você muito. Amo, ainda. Como pressenti naquela manhã de carnaval, quando você me ligou pela primeira vez, você foi o último amor de minha vida.''

Ele acelerou ainda mais. Os automóveis que vinham, com faróis acesos, ofuscavam minha visão. As muretas que separavam a rua do abismo, o mar, as pedras da encosta da montanha, passavam com velocidade. Alguns carros buzinavam para nós.

''Ele não amava você'', disse Gustavo. ''Queria apenas me destruir. Ele tirou a Lili de mim, tirou a Tamar. Depois tirou você.''

''Por favor, vamos voltar, tenho que tomar mel com limão.''

Ele mudava as marchas como um piloto de corridas.

''Tenho que fazer a maquiagem. Por que você não assiste à peça? Depois saímos para conversar. Você está me deixando nervosa, vou me esquecer do texto.''

Quando chegamos no final da avenida, Gustavo deu um sorriso triste; diminuiu a velocidade, fez a volta, entrou pelo túnel Dois Irmãos, cruzou alguns bairros em silêncio e parou o carro na porta do teatro.

''Você me dá um beijo?''

''Não'', eu disse.

''Desculpe-me. Um dia você vai me entender. Pode ficar tranqüila, não vou procurá-la nunca mais. Espero que você seja uma grande atriz. Se puder ajudá-la, ajudarei. Você sabe meu telefone.''

7

Corri para o camarim, sentei-me diante do espelho e deixei que maquiassem meu rosto, penteassem meus cabelos, vestissem minhas roupas. A zibelina preta de Vanessa estava lá, num manequim, brilhando no espelho.

Entrei no palco e representei a peça, esquecida de mim mesma, de Gustavo, de Joachim, de tudo. Quando as luzes se apagaram, senti uma imensa tristeza por sair daquele mundo de sonhos que era o palco.

No corredor, Fernandes e mais algumas pessoas me esperavam, circunspectas, imóveis. Em pânico, achei que tinha cometido algum erro muito grave em meu desempenho.

"Você não gostou?", perguntei a Fernandes. Ele me pegou pela mão e fechou-se comigo no camarim.

"Sente-se", disse. E me deu um copo com água. "Beba. Você está muito cansada?"

"Não", eu disse, ansiosa por saber o que estava acontecendo. "Onde está o Joachim? Não veio assistir à estréia?"

"Não."

"Que pena. Mas amanhã ele na certa virá, ele disse que... o que é? Por que você está com essa cara? Aconteceu alguma coisa?"

"Eu... tenho uma notícia para lhe dar." Esta foi a mesma frase da outra vez, quando ele me dissera que ia me substituir por outra atriz. Mas havia algo mais dramático em sua voz. "Nem sei por onde começar. Enfim... o Joachim está morto."

Meus ouvidos zuniram. "O quê? Morto como? Não posso acreditar."

"Gustavo o matou."

Pensei no revólver de Joachim, que ele tinha me dado para que me protegesse de Gustavo. O revólver estava em minha bolsa. Quando Gustavo me levou para sair em seu carro, já tinha matado Joachim, por isso falava nele sempre no tempo passado. Se não tivesse me dado seu revólver, Joachim talvez estivesse vivo. Mas de que adiantava pensar nisso, agora?

"Gustavo foi preso?", perguntei.

"Não. Gustavo também está morto. Seu carro se espatifou num abismo. Talvez um acidente. Talvez um suicídio."

Caminhamos pelas ruas de Copacabana. Fernandes segurava minha mão, acariciava meus cabelos, tentava me consolar.

"Você não deve chorar, Bambi, a vida passa depressa. Quando chegar em casa tome um copo de leite morno, um banho quente, deite-se. Feche os olhos, e verá como o sono vem depressa."

"Agradeço os vossos bons conselhos."

Fernandes sorriu. "Vem, minha carruagem!"

"Boa noite", eu disse, à entrada do prédio. E falamos juntos: "Boa noite, senhoras. Boa noite doces senhoras; boa noite, boa noite".

8

Depois da morte de Gustavo e de Joachim, minha vida se tornou mais leve. Não me parecia ter perdido algo. Era terrível admitir, mas eu finalmente tinha conseguido o que sempre desejara: a liberdade. E, como tudo que eu conseguira anteriormente, minha liberdade fora mais um presente de Gustavo para mim. Mesmo assim tinha algum valor. O fato é que, afinal, eu estava vivendo a minha vida. Não sabia como seriam as coisas dali para a frente, mas isso não importava. Às vezes me surpreendia em recordações alegres de Gustavo. Assim como o cheiro fétido do curtume desaparecera de minha memória, as coisas tristes que eu tinha vivido junto com ele eram levadas pelo vento. Severino Colli procurou-me no teatro, para que após o término da *Jupiteriana* eu começasse os ensaios do *Rei Lear*. Afinal, a peça ia ser encenada. Nesse mesmo dia recebi um cartão-postal de seu Fred. Veio da Noruega, Oslo, e mostrava uma bucólica paisagem de neve sobre chalés, pinheiros com longos galhos, e num céu azul e vermelho a presença de uma estrela. Ele escreveu no verso do cartão que aquela foto fora provavelmente tirada por volta das quatro horas da tarde, era a esta hora que costumava anoitecer. A foto me fez lembrar do sonho de Gustavo morar comigo numa aldeia onde caísse neve no inverno. Encheu meu coração de tristeza.

Um dia, numa das últimas apresentações da *Jupiteriana*, recebi uma cartinha em meu camarim. Estava num envelope cercado de traços verdes e amarelos, daqueles envelopes que se compram nos camelôs da cidade e nas papelarias baratas. A letra era bastante garranchosa, mas não me era de todo desconhecida.

Abri-a e estava ali um bilhete de dona Mercedes. Dizia que tinha me perdoado por eu ter falado que era uma espiã, que realmente estava se intrometendo onde não fora chamada, mas que não se arrependia de nada do que fizera em sua vida. Ela me compreendia e sabia que eu não fora culpada da morte de "seu filho"; embora os outros empregados da casa achassem isso, ela não compartilhava dessa opinião. E ela os convencera, acreditava, de que eu fora uma boa moça que amava de verdade o patrão deles. No final, dizia que eu fosse à casa de Gustavo, para pegar uma mala com minhas coisas que ela havia separado. Marcou num sábado à tarde.

Neste dia, subi a ladeira da casa de Gustavo saltando como Bambi. Dona Mercedes me esperava diante da casa. Abraçou-me com carinho, tirou um molho de chaves de sua bolsa e abriu o portão. Fez-me entrar na casa, vazia, com os móveis cobertos por lençóis.

"A dona Tamar vendeu o apartamento, e agora vai vender esta casa", disse dona Mercedes. "Por isso quero devolver suas coisas, dona Bambi. Vou buscar suas coisas, espere um instantinho."

Sozinha, rememorei o primeiro dia em que entrei naquela sala, quando vi Gustavo descendo as escadas, segurando a bengala. Pela porta da sala de jantar revi a mesa, com uma fruteira vazia no centro. As pratarias tinham sido retiradas. As cadeiras estavam cobertas com panos brancos, arrumadas duas a duas, espaldar contra espaldar, como para aquele jogo em que a música pára e as crianças sentam-se, mas há sempre uma cadeira a menos e quem não sentou fica fora da brincadeira. No terraço, a piscina tinha sido esvaziada e estava repleta de folhas secas, como a da casa de Joachim. Dona Mercedes reapareceu com uma pequena mala na mão.

"Posso ver o quarto pela última vez?", perguntei.

"Claro, pode subir. Eh... não diga a ninguém que chamei a senhora aqui, está bem, dona Bambi?"

"Para quem eu diria?"

"Enquanto isso vou abrir as janelas para entrar um arzinho, a dona Tamar me deu as chaves para eu vir aqui de vez em quando abrir as janelas."

Subi as escadas e me vi na sala íntima. A televisão também tinha sido retirada e os sofás estavam igualmente cobertos por lençóis. Abri a porta do quarto. A cama, bem arrumada, tinha sido coberta com a mesma colcha luxuosa. Pela janela olhei a paisagem que tantas vezes olhara. A favela, assim como a que ficava em torno da casa de Joachim, tinha se alastrado e chegava perto das casas ricas mais altas da encosta. Já se ouvia, distante, o rumor dos moradores dos casebres; pipas cortavam o céu, no alto da montanha. Sentei-me na cama. Vi as duas portas dos banheiros e, nesse instante, movida por um sentimento que não pude reconhecer, abri o banheiro de Tamar. Lembreime de que Gustavo usara apenas uma vez aquele banheiro, na noite em que conversamos sobre o assassinato de Lili. Entrei no vestiário de Tamar; estava arrumado como na única vez em que eu entrara ali. As mesmas roupas, o mesmo vestido de baile dourado e preto, a mesma foto dela no porta-retratos. Então uma lembrança se levantou do fundo de minha mente: eu tinha visto, na vez anterior em que entrara naquele closet, um pequeno revólver. Estava dentro do bolso de um tailleur preto de gola rendada, sim, eu percebera alguma coisa pesada no bolso e tirara dali de dentro uma arma. Não dera muita importância a este fato, e o esquecera, perdera-o na hierarquia das lembranças. Talvez Gustavo soubesse da existência daquela arma, talvez não; mas entrou naquele vestiário quando falamos sobre o crime; o que significava este seu impulso? O tailleur preto estava no mesmo cabide. Meti a mão no seu bolso, mas não encontrei o revólver. Alguém o tirara dali. Ou ele nunca existira? Subitamente me veio a idéia de que Gustavo tinha dito a verdade, que não matara Lili. Fora Tamar. Tamar tinha motivos para isso. Gustavo iria deixá-la para ficar com Lili. Joachim era amante de Tamar e amava Lili. Gustavo pagara ao rapaz para confessar o crime apenas no intuito de proteger Tamar — ou, indiretamente, seus filhos. O crime fora cometido com uma arma de mulher. Mas por que Tamar guardaria a arma? Lili morrera por estrangulamento?, eu não me lembrava. E se Gustavo a tivesse matado antes de Tamar chegar com a arma e dar o tiro, achando que Lili estava viva? E se Joachim tivesse estrangulado Lili antes de Tamar chegar com a arma e atirar no coração da sua rival? Tudo era possível. O mistério nunca seria desvendado. Era por este motivo que eu gostava mais de teatro do que da vida real. No palco, as coisas aconteciam e assistíamos a tudo. Não havia mistérios assim tão indecifráveis. Ficávamos sempre sabendo quem matou, como matou e por que matou. Sabíamos, por exemplo, porque Macbeth matou o rei Duncan, e como foi o crime. Lady Macbeth se humanizava e revelava toda a extensão de sua alma, de sua culpa, de seus tormentos. Havia sangue em suas mãos. Nenhuma essência da Arábia podia limpar aquelas pequenas mãos, para sempre. Tudo muito claro. Por este motivo eu preferia o teatro. E, também, porque em teatro as pessoas não morriam de verdade.

Na sala, dona Mercedes me entregou a maleta com minhas coisas; descemos a pé a ladeira, de mãos dadas e no ponto de ônibus nos despedimos. Ela tomou uma condução para o subúrbio, acenou pela janela e foi embora.

Tomei outro ônibus, fiz o caminho que agora conhecia tão bem, até a casa de dona Wanda. Tranquei-me no quarto e abri a maleta, para ver as coisas que dona Mercedes tinha separado para mim. Retirei primeiro um saquinho de pano com algumas pérolas soltas, que um dia tinham sido um colar. Puxei um pano macio, amarfanhado: era o vestido de seda que me fizera parecer uma mulher de trinta anos. Um envelope continha o bilhete que Manuel me escrevera antes de morrer. Havia outras roupas, um sutiã e uma calcinha vermelhos que eu comprara na loja de seu Fred e nunca usara — estavam ainda embrulhados num papel desbotado; assim como a flor de pano que ele me dera na noite em que assistimos a *Romeu e Julieta*. A delicada pulseira de águas-marinhas estava enrolada num tufo de algodão.

E afinal, amassado no fundo da maleta, um velho chapéu que reconheci, surpresa: era o que eu havia comprado naquela loja no centro da cidade, para proteger minha cabeça contra o sol implacável do verão carioca. O chapéu, todavia, não era azul, e fiquei confusa por alguns instantes pois em minha memória ele sempre fora nitidamente azul, um azul puro, não lilás, ou nenhuma outra cor parecida, mas azul, azulíssimo como o céu de uma manhã no mês de maio. E aquele, em minhas mãos, era verde.

As citações de *Albergue noturno*, de Máximo Gorki (p. 30), foram extraídas da tradução de Albertino Gonçalves (Lisboa, Europa-América). O trecho de *A vagabunda*, de Colette (p. 44), foi retirado da tradução de Juracy Daisy Marchese (São Paulo, Editora Abril, 1971, com licença da Difusão Européia do Livro). O poema citado à p. 74 é de Anacreonte; foi traduzido por Péricles Eugênio da Silva Ramos e publicado na coletânea *Poesia grega e latina* (São Paulo, Cultrix, 1964). A descrição de Eleonora Duse (p. 89) baseia-se em L. Rasi, *L'arte del comico* (Milão, 1890). A teoria dos espectadores *naïfs* e bizantinos foi elaborada por Alessandro Fersen, em sua tese *Il teatro, dopo* (Roma-Bari, Laterza, 1980). A peça *O preço de um homem*, citada à p. 132, é de Steve Passeur. O poema "A vida é um parafuso de veludo" é de autoria do Comendador Trauíra, chamado de O Inlusor, artista popular maranhense, citado por Astolfo Serra no *Guia histórico e sentimental de São Luís do Maranhão* (Rio de Janeiro, Civilização Brasileira, 1965). Para as diversas citações de Shakespeare e a de Molière, foram consultadas as traduções de Péricles Eugênio da Silva Ramos, Millôr Fernandes e Maryland Moraes. Há menções a teorias de interpretação de Artaud e Stanislavski. A epígrafe da peça *A pipiteriana*, escrita pelo personagem Joachim (p. 177), é de Meyerhold.

ESTA OBRA FOI COMPOSTA PELA HELVÉTICA EDITORIAL EM GARAMOND LIGHT E IMPRESSA PELA PROL EDITORA GRÁFICA EM OFF-SET SOBRE PAPEL PÓLEN SOFT DA COMPANHIA SUZANO PARA A EDITORA SCHWARCZ EM JANEIRO DE 1997.